Ludwig Anzengruber

Die Kreuzelschreiber

Bauernkomödie mit Gesang in drei Akten

Ludwig Anzengruber

Die Kreuzelschreiber

Bauernkomödie mit Gesang in drei Akten

ISBN/EAN: 9783743645745

Hergestellt in Europa, USA, Kanada, Australien, Japan

Cover: Foto ©Andreas Hilbeck / pixelio.de

Weitere Bücher finden Sie auf **www.hansebooks.com**

Die

Kreuzelschreiber.

Bauernkomödie mit Gesang in drei Akten.

Von

L. Gruber.

Wien 1872.

Verlag von L. Rosner,
Tuchlauben Nr. 22.

Der Autor behält sich alle ihm gesetzlich zustehenden Rechte vor. Für die Bühnen Oesterreich-Ungarns und Deutschlands ist das Aufführungsrecht durch die Theater-Agentur E. A. Sachse, I., Friedrichstraße 2 in Wien, zu erwerben.

Buchdruckerei von Eduard Sieger in Wien.

Personen.

Besetzung im k. k. priv. Theater an der Wien.

Anton Huber, der Bauer vom „gelben Hof"	Herr Szika.
Josefa, sein Weib	Frl. Geistinger.
Der Großbauer von Grundlsdorf	Herr Liebold.
Der Steinklopferhanns	„ Friese.
Veit, der Wirth	„ Buchner.
Marthe, sein Weib	Fr. Gämmerler.
Liesl, Kellnerin	Frl. König.
Claus,	Herr Gärtner.
Mathies, } Bauern	„ Kräuser.
Altlechner,	„ Schreiber.
Der alte Brenninger,	„ Rott.
Michl,	„ Romani.
Loisl, } Bursche	„ Jäger.
Martin,	„ Fink.
Sepp,	„ Rüdinger.
Rosl,	Frl. Krona.
Ursel, } Gesinde vom „gelben Hof"	Frl. Künzler.
Hanns,	Herr Oberhofer.
Tobias,	„ Thalbot.

Bauern und Bäuerinnen, Bauernbursche und Dirnen.

Die Handlung spielt in Baiern.

Erster Akt.

(Dekoration: Der Hofraum eines Bauernwirthshauses. Im Hofe stehen rohe Tische mit vier Prügel als Tischfüße, daneben theils Stühle, theils Bänke. — Links schließt die Bühne ein Haustrakt ab, — rechts ein Stadel; an diesen vorne angelehnt eine sogenannte Buschenlaube von abgehauenen Zweigen, — in dieser ein Tisch. — Im Hintergrunde läuft die durch einen Zaun abgeschlossene Straße, etwa in Mannshöhe über dem Niveau der Bühne, hin. — Der Zaun hat einen Einlaß gegen rechts, wo sich die Straße etwas senkt, so daß beiläufig zwei bis drei Stufen in den Hofraum führen. — Lichtstimmung dieses Bildes: Nachmittag. — Die Ouverture schließt, indem kirchenmusikartige Fugen von einer Schnaderhüpfel=Melodie nach und nach ganz übertönt werden; unter dem Ritornell zur letzteren geht der Vorhang auf.)

Erste Scene.

Michel. Loisl. Martin. Sepp und andere Bursche. Dann Veit. Darauf der Steinklopferhanns.

(Die Bursche sitzen zechend und lärmend in der Buschenlaube. — Michl klopft mit dem Krug auf dem Tische zum Zeichen, daß er singen wolle. — Alles schweigt und schlägt später zum Gesange in die Hand, manchmal mit dem Krug auf den Tisch, — beim Chor schreit zuweilen Einer über Alle hinaus.)

Michl (singt).
    Bissel christlich, bissel gottlos,
    Bissel schön, bissel schiach —
    Bissel gottlos beim Dirndl,
    Bissel frumm in der Kirch'!
    Dulidieh!
      (Alle fallen ein und jodeln mit.)
    Dulidieh!

Loisl (klopft — Stille — singt).
    Heilig werd'n, heilig werd'n,
    Das möcht' ich eh' —
    D'rum traxl ich all' Tag
    Zu'n Himmel auf b' Höh'!

Doch kimm ich net viel hoch,
Dös geht ma nit ein —
Beim Dirndal sein Fenster
Dreht's mich allmal hinein! } rept.
Hollandieh!
(Alle wie oben.)
Hollandieh!

Veit (kommt mit frischem Getränk in kleinen Steinkrügen). No Buben, jetzt stellt's aber die besoffene Metten ein, der Segen is aus, die Manner werd'n gleich kämma!

Martin (steht auf und singt).
Laß's nur kommen die Manner,
Sö gehen doch glei,
Hoam müssen's geh'n — Hoam müssen's geh'n,
Sonst greint 'es Weib!

Alle.
Hoam müssen's geh'n — Hoam müssen's geh'n,
Sonst greint 'es Wei'!
Juchu!

Steinklopferhanns (tritt auf. Ein alter Mann, 60 Jahre, einen abgetragenen grauen, breitkrämpigen, stellenweise durchlöcherten Filz auf dem wettergebräunten Haupt, lange, weiße Haarflechten, grauen Stoppelbart, Pfeife im Mund, trägt einen einmal hechtgrau gewesenen Soldatenkittel, Pantalon von Zwilch, geflickt grobes Schuhzeug; — über die rechte Achsel fallen an einem Stricke zwei schwere Hämmer, der eine, leichtere, vorne über die Brust, der schwerere auf den Rücken herab. — Noch beim Zaun.) Juchuchu! (Kommt vor.) Da geht's lustig aber! (herab).

Die Bursche (schreiend und lachend). Ju!

Sepp. Da kimmt schon Einer! Is dös auch a Mann? Beileib, dös is der Steinklopferhanns!

Alle (lachend). Hollah! Steinklopfer, da kimm her!

Steinklopferhanns. Is 's Bier bei Eng wohlfeil — setz' ich mich schon her. (Setzt sich, man bietet ihn zu trinken.)

Veit (schlägt ihn unter'm Trinken spaßhaft in den Rücken)). Führt Dich der Gnguk auch her, Du alter Rädelsführer! Dö schrei'n mir eh' schon 'n ganzen Nachmittag, daß ich mein', fallt der Himmel ein!

Steinklopferhanns. O fix 'nein! Sixt, dös is, weil ich net dabei war. Ich kann Dir Liedeln, die Dich nur so in's Ohr kitzeln wie a Bettfederl! (Singt.)

Wann der Himmel einfallet,

Alle Burschen (singen leise mit Brummstimmen nach).
Wann der Himmel einfallet,
Steinklopferhanns.
Dös wär' nit zum Lacha!
Alle.
Dös wär' nit zum Lacha!
Steinklopferhanns.
Wann der Himmel einfallet —
Alle.
Wann der Himmel einfallet —
Steinklopferhanns und **Alle.** Dös wär' a — (zugleich, schreiend und mit den flachen Händen auf den Tisch schlagend). — Kracha!!
Veit (faßt nach seinen Ohren, ärgerlich und lachend). No, hab' ich mir's doch denkt', wann der was fürbringt, is 's Allerschlechteste!
Steinklopferhanns. Nur lustig, lustig! Geh'n auf der Welt die Spitzbub'n in der Maschkaradi, schadt's nix, schaut amal a der ehrlich Mann wie a Spitzbub aus! — Laßt's mir fein auch a Krügel hergeb'n, Eng bringt's nit um, und ös wißt's, ich trink' nur fremd's Bier!
Loisl (ganz reich gekleideter Bursche mit blanken Knöpfen und schwerer goldener Uhrkette, selbstgefällig). Wirth, Du kannst ihm oans bringen.
Steinklopferhanns. No vergelt' Dir's Gott, Loisl! — Sifra hinein, Du schaust aber auch darnach aus, als kam's Dir am leichtesten an! Führst Dein' Uhr an einer schweren Ketten — lauft's leicht voraus? (Alle lachen.)
Loisl (beleidigt). Is dös für'n Trunk?
Steinklopferhanns. Na, dös is umsunst, für'n Trunk hast ja schon Dein „Vergelts Gott!"
Martin (hat nach links in die Scene geblickt). Na, gebt's a Achtung! Schaut's, wer dort um'n Weg biegt.
Michl. Mein Six! dös is die Wirthin mit'n Gelbhofbauer.
Loisl. Hat's ihn mal aufgabelt? Dö hat ihm's eh g'schworen, wann er ihr mal über'n Weg lauft, sie laßt'n nit aus!
Michl. D'rum, weil er der Lauteste da am Bubentisch war und seit er verheirat' is, sitzt er sein'm Weib auf der Kittelfalten und schaut sich um seine früheren Kameraden gar nimmer um.
Steinklopferhanns. Dafür is er jetzt Bauer.

Veit. Ah, der Sikra laßt sich ja gar nit anschau'n! S' ganz' Dorf kann ihn leiden und er is nit erkenntlich und thut als kam ihm bös zu von rechtsweg'n.

Steinklopferhanns. Vielleicht grad deßtweg'n mögt's ihn leiden.

Veit (gewichtig). So a Glück wie er, hab'n Wenig g'macht, und doch vergunnt ihm's Jeder! Kommt vor a paar Jahr als armer Bursch, da von Zwentdorf hinüber nach Grundldorf und wird dort Großknecht beim allmächtigen Großbauer, und der hat da h'rüben bei uns wieder ein alten Verwandten 'n Bindernatz, der 'n gelben Hof und a einzig mannbar Dirn, die Seferl, dazu hat. Der Großbauer bringt den Hubertonl auf dös Anwesen da her (schlägt in den Tisch) und hast's nit g'seh'n, erheirat der 'n gelb' Hof und den Großbauern.....

Steinklopferhanns (dazwischen). Vergiß nit — „allmächtigen" Großbauern — mußt sag'n!

Veit (fortfahrend). Und 'n Großbauern zum Vetter. — A stark's Stuck!

Steinklopferhanns. Ah ja — dös schon! — Nur bracht's leicht ein jeder Andere auch zuweg'n. (Zeigt auf die Bursche.) Wirf Du Ein'm von dö Spatz'n das Hanefkörndl hin, ob er nit a d'raufpickt! — (Auf den Wirth.) So oft die Red' auf'n Gelbhofbauer kommt, wird bei ihm's Nadel laufend und da haspelt er die ganze alte G'schicht' aber; so verwunderig kommt's ihm vor. Der Großbauer hat gern in die Dörfer da herum seine Adjutanten, dös is 's Ganze, und dazu taugt ihm der jetzt am gelben Hof. Ich aber weiß was Neuch's — (auf die Kommenden) und wußt der, wie er da jetzt 'n Weg hertappt, davon, bracht'n kein Teufel daher!

Martin. No, was?

Michl. Laß's los!

Steinklopferhanns (rückt zu, halblaut). Wie er noch drent in Grundldorf Großknecht war, is er mit einer Kellnerin gangen.

Michl. Dös is ja was Alt's!

Steinklopferhanns. Narr! Freilich wohl! Aber der G'spaß kommt erst. Dös is neuch), daß die nämlich Kellnerin gestern da bei unserm Wirthen eing'standen is!

Veit. So? No! die Liesel wär's?
Sepp (lacht dumm). Ohöhöhö! ⎫
Martin (schlägt mit der Faust in den Tisch). Was d' sagst! ⎬ (lustig und rasch nacheinander.)
Loisl. Na wart, Dirn! ⎪
Michl. Dös trifft aber fein z'samm! ⎭
Steinklopferhanns. Pscht! Seid's stad! Sie sein schon nahet!

Zweite Scene.

Vorige. Marthe mit Anton (von links).

Marthe (noch hinter der Scene). No kimm nur Du Duckmauser, ich laß Dich nimmer aus! Bist ja eh' schon a halb Jahr verheirat, da därfst schon wieder in's Wirthshaus geh'n.
(Die Beiden sind unterdem oben erschienen.)

Anton (resoluter junger, wohlhabend aussehender Bauer). Na, ich denk', z'wegen'm Dürfen, hätt' ich doch früher auch Niemand um Erlaubniß frag'n müss'n; aber es is kein Zeit, Mutterl, es is kein Zeit!

Marthe (behäbiges, altes Mütterchen mit rothem Regenschirm u. Gebetbuch). Was nit gar, es wär' kein Zeit! Woher nähmet's denn dann der Meßner, der's vom Thurm gibt? Wird's doch der nit g'stohl'n hab'n!

Anton. Schau, Wirthin, a andermal, heut nit!

Marthe. Ah, grad heut muß's sein, — und vorauf gehst!
(Gibt ihm einen scherzhaften Schlag in den Rücken.)

Anton (stolpert die Stufen in den Hofraum). No, mein Eingang hat der Herr schon g'segnet, sonst hätt' ich mir sicher die Füß' verbrochen.

Steinklopferhanns (halblaut). Nur vom Ausgang träumt ihm noch nichts!

Veit (ihm entgegen). Grüß Gott, Gelbhofbauer! Sieht man Dich a amol? Du bist seltsam!

Anton. Dös sag' ich auch! Du hast Dein Alte sauber auf die Gäst' dressirt, (Kommt vor und sieht die Bursche.) Jetzt is 's gut! Da sitzt's ganze Bandl beieinand!

Alle. Grüß Gott, Gelbhofbauer!

Loisl (präsentirt ihm den Krug). Wie geht's Dir alleweil?

Anton. No, dank, 's muß recht sein, könnt nit klagen! (Thut Bescheid.)

Steinklopferhanns. No dös g'freut mich aber wirklich!

Anton (setzt ab). Der is auch da? No, der is mir schon der Liebste!

Steinklopferhanns (ist aufgestanden, tritt zu ihm, treuherzig). Gelt ja? Mir mögen einander allmal leiden?

Anton. Na wohl! (Zu Veit.) Laß mir ein' Trunk bringen, wenn ich schon bleiben soll.

Steinklopferhanns. Mir sein Freund! (Drückt ihm die Hand.)

Martin. Du Gelbhofbauer, sag' mal — ich hab' 'n Großbauer von Grundldorf schon vorig'n Sonntag und heut wieder bei uns herenten in Zwentdorf in b' Kirch'n geh'n g'sehn — was sucht er denn da? Is ihm die Grundldorfer Kirchen leicht nimmer anständig?

Anton. Ja, das weiß ich nit!

Sepp. Höhö — Du sollt'st doch wissen!

Anton. Warum grad ich?

Michl. Na, wir meinen nur, weil Dein guter Freund Dich grad früher 'm Großbauer sein Adjutanten g'heißen hat.

Anton (zum Steinklopferhanns). Du bist doch a schlechter Kerl, so weit b' warm bist!

Steinklopferhanns. No, ich werd' mich schon stellenweis bessern, wann nur erst wieder Winter wird.

Anton. Du hörst — laß Dich 'mal anschau'n — grad in's Gesicht!

Steinklopferhanns. Wie d' willst!

Anton (droht ihm). Na, d'e Händ' gibst her, Du wärst im Stand und ziehest mir leicht derweil die Pfeifen aus 'm Sack. Du hast mehr Praktiken wie a alter Rab! (Hält die Hände hin.)

Steinklopferhanns. Da hast's all' Zwei!

(Beide sehen einander starr an.)

Dritte Scene.

Vorige. (Unter Folgendem kommt Liesl mit dem Krug in der Hand, geschäftig vor, bis sie knapp hinter Anton steht.)

(Gegen Ende dieser Scene kommen einzelne, dann immer mehr und mehr **Bauern** und nehmen an den Tischen Platz.)

Anton. Du Zifra h'nein, Du blinzelst mir z'viel mit die Augen, ich trau Dir nit, Du sinnst auf a Schelmstück! (blickt über Steinklopferhanns' Achsel nach den Burschen.) **Und die machen auch so verzwickte G'sichter!** (Läßt die Hände des Steinklopferhanns fahren.) **Was habt's denn!**

Steinklopferhanns (faßt ihn und dreht ihn um). **Dein Trunk is da!**

Anton. O fix h'nein, die Liesl! (Schaut auf die Seite.)

Liesl. Jesses — der Tonl! (Gleichfalls.)

(Kleine Pause.)

Liesl. Na, soll ich dem Herrn noch lang 's Krügel halten? (Stellt es auf den nächsten Tisch, und tritt näher zu Anton.)

Anton (nimmt ebenso rasch den Krug und tritt einen Schritt zurück; für sich). Jetzt heißt's g'scheidt sein, sonst haben's ganz' Jahr ihr G'spött mit mir. (Blickt tiefsinnig in's Krügel, seufzend). **Mir scheint, 's is schlecht g'messen!**

Liesl. No, dös is christlich g'nug g'messen, denk ich!

Anton (für sich). Gut is! jetzt streit'n mer z'weg'n 'm Krügel. (laut, indem er den Krug hinhält.) **Könnt'st schon was d'rauffüll'n!**

Liesl. O du G'scheidter! Scheangl (schiele) nit allweil in d'n Krug, schau mich doch an!

Anton. Warum nit? warum nit? (Richtet sich auf.) **Schöne Kellnerin, trink Eins!**

Liesl (thut Bescheid, indem sie ihn von der Seite anblickt). **Dein Wohl!**

Steinklopferhanns. Dös is a Feiner! Er laßt's trinken, daß 's nix reden kann!

(Liesl gibt den Krug zurück.)

Anton (trinkt). Auch so viel, saub're Dirn!

Liesl. Na und wie is 's uns denn 'gangen, seitdem wir uns nimmer g'sehn hab'n?

Anton. Na, ich dank! Dank schön der Nachfrag — es geht mir recht gut!

Steinklopferhanns (wie erstaunt). Schauts gar, ös Zwei kennt's Eng?

Liesl (boshaft). Ich denk!

Anton. Ja, a so oberflächlich —

Liesl. Und nur a Jahr!

Steinklopferhanns. Na, da hat er sich ziemlich lang auf der Oberflächen aufg'halten. Kannst 's wohl a auswendig, wie die Bub'n dö Länderb'schreibung?

Liesl. Bist gut verheirat?

Anton. Aber Liesl!

Liesl. Ob d' redst! Ob d' gut verheirat bist? Es ver=
interessirt mich amal!

Anton. Ah ja, no freilich!

Liesl. Mag Dich Dein Weib leiden?

Anton. Ah ja, no freilich!

Liesl. Weißt noch dös G'stanzl, was wir damal allmal
zweistimmig g'sungen haben?

Anton. S' fallt mir nit ein!

Liesl (schmiegt sich an ihn). Ah ja, no freilich!

Anton (weicht aus). Ich kann mich nimmer erinnern!

Liesl (rückt nach). Ich hilf Dir schon drauf!

Anton (wie oben). Ich bin so trocken.

Liesl (wie oben). S' wird schon gehn!

Anton (weicht wieder zurück und kommt zu stehen vor):

Steinklopferhanns (der stemmt sich gegen ihn, so, daß Anton nimmer
aus kann).

Liesl (leise). Du, ich rath' Dir's — sing'!

Anton. No ja — aber —

Liesl. Setz' ein! (Singt.) „In mein Herzal" — —

Anton und Liesl. (Vocal.)

In mein Herzal hat
Koan Ander's oan Platz,
Ich bleib' Dir treu — treu
Mein oanziger Schatz!

(Jodler.)

Liesl (bricht den Jodler ab, indem sie singt).

Ich bleib' Dir treu — treu
Wie der Spatzin der Spatz!

(Schiebt Anton den Hut zur Seite und fährt ihm spielend durch die Haare.)
G'sindel! ös bleibt's Einer treu! (Stößt ihn mit dem Ellbogen von sich.)
Geh' zu!

Anton (greift nach der gestoßenen Stelle und singt parlando).

O Vergißmeinnicht, Du blau Bleamel
Unter meinem Hemadärmel!

Liesl (lachend). Laß's gut sein, ich bin Dir d'rum nit harb!
Hätt' Dich eh' nit mög'n; so an jungen Bauer nimm ich gar nit!

Loisl (bissig mit verstellter Lustigkeit). Na, lieber Ein' mit graue
Haar und krumme Knie: — die Liesl will sich ausrasten im
heilig'n Ehstand!

Liesl. Du thät'st wohl a g'scheidter, Du ließest Dein dumm Maul rasten! Mit Dir hab' ich mich g'wiß mein Lebtag nit strappazirt. Das sag' ich Dir aber — gestern die erst' Nacht, die ich da in dem Haus war, war ich zu müd' und zu schläfrig, und hab' auch kein Aufsehn machen woll'n, d'rum hab' ich Dich am Rebenglander akrat so ruhig wieder 'nabsteigen lassen, wie b' rauf kommen bist; — heut aber, wann b' wieder Lust hätt'st, heut fand'st 's Fenster schon offen und da laß ich Dich dann 'nuntertenfeln wie a Hafersackl aus der Bodenluck'n; — nur schau Dir früher 'n Misthaufen an, der unter'm Fenster liegt, ob b' der Läng' nach b'rauf liegen kannst — 's thät mir leid, wann b' Dich bucklig fallest!

(Veit und Marthe haben einstweilen die an den rückwärtigen Tischen sich ansammelnden Gäste bedient.)

Liesl (wendet sich jetzt an den Tisch vorne, wo sich einige Bauern eben niederlassen und sagt in einem Athem, aber wieder mit der größten Ruhe). Was schafft's denn, Manner?

Michl (zu Loisl, dem er die Hand auf die Achsel legt, summt). „Heilig werd'n, Heilig werd'n!" — Schau, Du bedauerst mich, Du wirst nimmer heilig, noch selig! — Was nutzt's Dich, wann's Dich zum Dirndl sein Fenster h'ueindrehst, wann Dich's Dirndl wieder 'rausdreht?

Loisl (richtet sich auf). Ho! es gibt noch anderne Fenster und anderne Dirndln!

Sepp. Höhöhö! und anderne Misthaufen!

Loisl (hebt zornig die Faust). Du Malefiz Depp!

Anton (hält ihm die Faust). Halt aus! G'rauft wird hizt nit, ös seib's nimmer allein da, ös Buam! Beim ersten Streich, den b' führst, kannst Dir gleich ein Baum da aussuchen, auf dem b' als Spatzenschrecker sitzen willst. So hoch lupf' ich Dich, Crispindel! (Wendet sich ab und setzt sich an den Tisch vorne zu den Bauern.)

Die Bursche gehen debattirend an ihren Tisch.)

Vierte Scene.

Vorige. Der **Großbauer** (stattliche Gestalt, die Bauernkleidung vom feinsten Tuch, sein Besteck, das er in der Hose trägt, silbern. — Mit ihm kommen noch einige Bauern; darunter **Altlechner** und der **alte Brenninger**.

Bauern (an den Tischen im Hintergrund schauen auf, murmelnd). Der Großbauer! — Schaut's, der Großbauer!

Steinklopferhanns (vom Bubentisch, an dem er vorne mit dem Rücken gegen Anton sitzt, sich wendend). Herr Adjutant, da hint schrei'n schon a Paar „G'wehraus!"

Großbauer (vorkommend). Grüß Gott, Manner von Zwentdorf! (Fixirt dabei die an den Tischen Sitzenden.)

Einzelne (wie sie sein Blick trifft, grüßen wieder). Grüß Gott! — Grüß Gott!

Großbauer (ganz vorn, erblickt Anton). Ho Vetter! Grüß Gott! (Schüttelt ihm die Hand.) Dich such' ich, und ist mir recht lieb, daß ich Dich da find'; Du giltst was da im Ort, Du bist den Zwentdorfern ihr Mann und der mein'!

Anton. Was hast denn, Großbauer? laß's los! weißt, ich hab' nit viel Zeit!

Großbauer. Wirst's gleich hören, daß sich's um nix G'ring's dreht, wann sich der Großbauer von Grundldorf selber vorspannt. Ich hab' Dich immer leiden mögen und bild' mir was d'rauf ein, daß ich Dein Glück g'macht hab', — wann b' wolltest, könnt'st heut dafür erkenntlich sein. — Laß mich jetzt nur reden. (Wendet sich an Alle.) Manner von Zwentdorf, lost's (hört) mir a weng zu.

(Während seiner Rede verlassen die meisten Bauern die Sitze und stellen sich in Gruppen um ihn, — nur die Bursche und der Steinklopferhanns bleiben in der Buschenlaube sitzen.)

Großbauer. Ich bin Eng bekennt als Freund von all' rechtlichen Bauersleuten, ich bin Eng bekennt als Einer, der festhalt an unsern alten Rechten, an unsern alten Glauben. Ös wißt's, wie ich in der Art auch allweil danach than hab, wie ich gegen jede Neuerung war, woher 's auch kämma is, — d'rum, weil das, was zu Recht und Ordnung besteh'n kann, schon unsern Vorvordern bekannt war, und was dö nit kennt hab'n, a nit mit Recht und Ordnung verträglich is! Ös wißt's, daß ich's war, der gegen die Eisenbahn g'arbeit hat, daß 's nit über unf're Grundstück sollt g'führt werd'n, und Ös habt's a g'sehn, was Gut's dabei herauskämma is, wie's mich überstimmt hab'n; dö Judas, denen nix an ihrer Väter Grund und Boden g'legen is, hab'n sich die Katz mit Silberling g'füllt und die, denen ihr Elternhütt nit feil war, die Hütt', in der vom Urahnl her Jeder von der Sippschaft sein erst Schrei und sein letzt'n Seufzer than hat, dö Hütt', wo Jeder g'meint hat, er könnt' auch drein, wie die Vordern, gottselig versterb'n --- die armen Häusler sein mit ein'm neuchen Recht zum Mußverkauf 'zwungen word'n und dös neu' Recht hat a z'gleichzeit bö Schätzer aufg'stellt! — Damal habt's mein gut Willen für d' That nehmen müssen, aber Ös wißt's auch, daß seither ich's g'wesen bin, der allmal unsern Wahlbezirk vor die liberalen Wölf g'schützt hat, damit uns da nit auch die neu Judenlehr verdirbt: daß Jeder könnt glauben und für Recht halten, was er will! Kurz, Ös kennt's mich, den Großbauern von Grundldorf!

Steinklopferhanns (blinzelnd zu den Burschen). Hat gut reden, so a Großer! -

Alle. No weiter! — Hört's 'n Großbauern!

Großbauer. Dös All's sag' ich, net daß ich mich heraus= streich' — ich sag's nur, daß sich ein Jeder erinnert, wie ich war, daß Keiner irr' wird an mir, und vermeint, ich wär' ein Anderer word'n, wo ich jetzt mit schweren Herzen vor Eng steh, eben weil ich der Nämlich' blieben bin, der ich allweil war! Es is a Zeit über's Land kämma, Christen, wo man nit weiß, traumt man selber, oder schlaft herentgegen die ganze Welt! (Mit erhobener Stimme.) Manner von Zwentdorf! Man neuert hirzt von einer Seiten, wo's nie zu erwarten war, von woher man uns allweil vor jeder Neuerung christlich g'warnt hat: — ich war nit umsonst heut auch in Eurer Kirch' — es is neuzeit die Red' von Sachen, die uns're Voreltern nit zur Gottseligkeit Noth g'habt haben und wollten wir denen ihr'n alt' Glauben aufgeben, so könnten wir a gleich luthrisch werd'n, dös wär' Ein Teufel! — Und, Manner, so is nit allein mein Denken, mein Red': — so wie ich, der Großbauer von Grundldorf, so denkt und redt a in der Stadt a frummer, g'studirter, alter Herr, — frumm is er, er tragt selber 's geistlich G'wand viel Jahr' schon in Ehr', — g'studirt is er und weiß sich aus in die Sachen, denn bei ihm sein uns're größten Bischöf in der Lehr g'west, und a rechter Spruch laßt sich a von dem alten Mann derwarten, der, durch sein weiß' Haar, Gott näher steht, als da irgend Ein'm unter uns b'stimmt sein dürft. — Um dem alten Herrn z' zeigen, daß er nit allein steht und streit, daß wir zu ihm und unsern alten Glauben halten, haben wir Grundldorfer a G'schrift aufg'setzt, die ihm Dank sagt für sein recht' Wort zur rechten Zeit und dö G'schrift hat unser' G'meind unterschrieb'n vom reichsten Bauern an bis zum ärmsten Kuhhirt. Da aber ein' einzige G'meind auf so ein Papier wen'g Ansehn macht, so hab' ich heut' die

G'schrift herüber bracht — (zieht eine Papierrolle aus der Brusttasche) auf daß Ös Zwentdorfer Eng a b'rauf unterschreiben könnt's. So mein' ich und wer's noch recht meint, der thut, wie ich sag, und wehrt sich für sein' alten Glauben, auf daß der unsern Kindern und Kindskindern auch rein verbleibt, zu ihnern irdisch' wie ewig'n Heil. Amen.

Mehrere. Was steht in der G'schrift? — Les' für Großbauer!

Großbauer (zu Veit). Wirth, richt' in Deiner Stub'n 's Schreibzeug! (Zu Anton, gibt ihm die Papierrolle.) Vetter, jetzt thu' mir die Lieb' und geh hinein und les' den Leuten die Adreß da für. Du bist ihnen a Beispiel, geh' d'rum voran und schreib Dich gleich oben hin.

Anton (nimmt die Rolle). Na, wann Dir damit a G'fallen g'schieht, Vetter, so thu' ich's schon!

Großbauer. Manner! der Gelbhofbauer verlest's und schreibt sich dann voran. Geht's nur hinein mit ihm.

Anton. Kommt's mit, wer's hören will!

(Mit einigen Bauern in den Hausflur ab.)

Brenninger (altes, kümmerliches Männchen). Um'n Glauben geht's, — um'n Glauben, sagt's? — dös muß man schon anhör'n! Da muß man sich schon verschreib'n — ja, da muß man sich schon verschreib'n! (Trippelt nach.)

Marthe (zu Veit, der nachfolgt). Veit, unterschreibst Dich auch?

Veit (zuckt die Achsel). Muß ja, bleib'n ja sonst Alle aus, dö unterschrieb'n hab'n. (Folgt.)

Großbauer (geht an einen Tisch, wo noch Bauern sitzen). No, Manner, wollt's nit a hör'n und unterschreib'n?

Alle (stehen verlegen auf). Ah, freilich — freilich — wohl — wohl —! (Schleichen nach ab.)

(Einige an einem Tisch im Hintergrunde schleichen fort.)

Großbauer (wirft ihnen einen zornigen Blick nach). Dö meinen, auch sie hätt'n ein' rechtern Glauben, wie ich! (Wendet sich zur Buschenlaube.) No, wie is 's mit Euch?

Michl. Geht's uns denn a an? Du hast doch nur zu die Manner von Zwentdorf g'redt; weißt, Großbauer, da sein b' Buben!

Großbauer. No, dös weiß ich! Ös wollt's aber doch a Manner werd'n und rechte, hoff' ich!

Martin. Ah, freilich wohl, aber wir laff'n uns Zeit dazu.

Großbauer. Macht's keine dummen G'späß, geht's lieber h'nein und thut's als Bub'n, was Eng g'wiß als Manner reu'n wurd, wann's es hätt's sein laffen.

Michl (pfiffig). Weißt, Großbauer, wir kennen uns da nit so drein aus, bis auf unfer Monzeit könnt all' Heutigs nimmer wahr sein; aber da sitzt Daner, der muß a rechte Spur haben, der is kein Bub mehr und wird a nimmer a Mann, der liegt so sauber in der Mitten. Wann der Steinklopferhanns, der Monbua, unterschreibt, nachert unterschreib'n wir Alle!

Die Bursche (stoßen sich mit den Ellbogen). Gilt schon! nachert unterschreiben wir Alle.

Steinklopferhanns (halb erschrocken, halb unwillig). Geht mich ja Alles nix an!

Großbauer. No, Du alter Grasteufel, da haſt's g'hört, unterschreib' Dich! machſt's ganz' Jahr lauter Schelmſtückln — thu' 'mal auch a gut' Werk!

Steinklopferhanns. Weißt, ich kann gar nit schreib'n.

Großbauer. So mach' Deine drei Kreuz!

Steinklopferhanns. Haſt ja ehnder g'nug so Kreuzelmacher da d'rin; wurd ja die G'schrift vor lauter Kreuzeln bald ausschau'n wie a Freithof.

Großbauer. Nimmſt Du's gar so von der leicht' Seit'? Dir war's wohl auch gleich, ob auf der Welt der Herrgott oder der Gottseibeiuns auf d' Höh' kam?

Steinklopferhanns. No, Steiner müßt' ich doch klopfen!

Großbauer. Du Landſtreicher, Du! Du haſt kein' Glauben!

Steinklopferhanns (fährt auf feinem Sitz zusammen). Du...! (thut einen langen Zug aus dem Krug, setzt ihn dann hin, phlegmatisch.) Großbauer von Grundldorf! weißt, was halt der Eine z'wenig hat, das hat der And're z'viel! Dir fag'n d' böf' Leut' nach, Du hätt'ſt z'neb'n Dein'm Kirchglauben noch zwei andere.

Großbauer. Möcht's wiſſen!

Steinklopferhanns. Bei die Weibsleut wärſt a Türk und in Dein Sack h'nein jüdisch!

(Alle lachen.)

Großbauer (wendet sich). Ös Hascherln, ös seid's ihm ja doch z' g'ring, dem Großbauer von Grundldorf.

(In den Hausträkt ab.)

Fünfte Scene.

Steinklopferhanns und die Bursche.

Alle. Ju, ju, ju! Steinklopferhanns, jetzt trink aber Eins! (Bieten ihm die Krüge.)
Steinklopferhanns. Habt's 'n grad auf mich hetzen müssen?
Sepp. Dir thut er's Wenigste! Was kann er Dir than? Die Steiner kann er Dir doch nit aus der Welt hexen!
Steinklopferhanns. Wär' auch kein Schad d'rum! (Singt.)

Gab's keine Stoaner
Wär' d' Straßen nit g'schottert,
Und ich müßt nimmer hammern,
Daß d' Hosen mir blodert!
(Alles lacht.)

Michl. Geh Hanns, weil d' gut aufg'legt bist und d' Luft wieder rein is, sing Eins!
Steinklopferhanns. Ja freilich, daß dö von drinn außertämen und zu der Weis' auf unsere Buckeln 'n Takt schlag'n.
Sepp. No weißt kein laut's Liedl!
Loisl. Deine Steinklopfer=G'stanzeln!
Steinklopferhanns (stolz). Dö hab' ich mir selber ausdenkt, Bub'n! — Aber 's habt's eh oft g'nug g'hört.
Martin. Und noch a hundertmal! Laß's los!
Steinklopferhanns (singt).

Schön blau is der Himmel
Schön grün is der Klee,
Und a Lapp wär', der dessentweg'n
Fraget: Z'weg'n we?

Z'neb'n meiner Tag über
Geht's vorbei z' Roß und z' Fuß,
Und frag' dö nit und frag' ich net,
Z'weg'n ich Steinerschlag'n muß!
(Jobler.)

D'rum weil ich mir dös abg'wöhnt hab'
Dös Raunzen und dös Frag'n,
Bin ich so alt und lustig word'n
Beim Steinerschlag'n, beim Steinerschlag'n,
Beim Steinerschlag'n, Juchhe!

Chor.

Beim Steinerschlag'n, beim Steinerschlag'n,
Beim Steinerschlag'n, Juchhe!

2.

Steinklopferhanns.

's Vögerl im Wald,
Das auf d' Asteln drob'n steht,
Dös fragt nit wo 's herkimmt
Und nit wohin 's geht.

Was man weiß, dös is wen'g,
Was man nit weiß, is 's meist,
Und a Narr wär, der beßtweg'n,
'n Kopf sich zerreißt!

(Jodler. — Dann Refrainstrophe wie oben.)

3.

Dö Weg than sich schneiden
Kreuz, quer, grad und krumm,
Kann a Dirndal Dich leiden,
So frag' nit: warum?

's Faß hat ein' Boden,
's Faß hat ein' Spund,
Aber d' Lieb' und die Untreu
Hab'n öften kein Grund!

(Jodler.)

Weil ich nur so vorbeig'streift bin
In mein verliebten Tag'n,
Bin ich so alt — — (u. s. w.)

4.

's wird a Baum aus ein' Körndl
Wann a Zeit auch vergeht,
Auf der Welt wird's noch lustig,
Doch d'erleb'n than mer's net!

Nur luſtig, wann's Hemad
In Fetz'n ging a —
Juche und Auweh koſt'
Ja doch nur an Schroa!
(Jodler.)
D'rum bleib' ich allweil kreuzfidel
Und thu' nach nix nit frag'n,
Bin alt word'n und bin luſtig blieb'n
Beim Steinerſchlag'n — — (u. ſ. w.)
(Nach dem Liede gehen alle nach dem Hintergrunde.)

Sechſte Scene.

Vorige. Großbauer. Anton. Veit. Marthe. Alle Bauern.

Großbauer (hält die Schrift in der Linken und drückt Anton die Hand). Dank Dir, Gelbhofbauer! (Zu Allen.) Dank Eng, Männer von Zwentdorf! Schlag Keiner den Federzug g'ring an, den er heut da drunter 'than hat; wir haben dadurch zeigt, daß wir ein' Willen haben, und das hat man lang von uns nit glaubt und g'meint, wir müſſen wollen, wie uns vorg'ſchrieb'n wird. Sie werden's uns a verſpüren laſſen, daß 's ſo nit nach ihrer Vor-ſchrift is, d'rum ſag' ich Eng auch, laßt's Eng Keiner abwendig machen, wie man Euch auch kommt, bleibt's feſt! In ſo heilig' Sach' kann nur ein Rad gelten, wir bleiben d'rauf: unſern alten Glauben! Gott und unſ're liebe Frau woll'n ihr'n Segen drein geben! B'hüt Gott!

Alle. B'hüt Gott! (Einige ſchütteln ihm die Hand.)

Claus (zu Mathias). Ich hab' g'meint, 's is abthan mit'n Schreiben, no ſollt's erſt d'rauf losgeh'n?

Mathies. Dös is findig! wo man mal ſchreibt, meint man doch, 's wär' ſchon All's ausg'macht.

Claus. Laß' Dir nur Dein' Weib nix d'ermerken!

Mathies. Wollt's Dir grad a ſag'n!

Altlechner (hat zugehört). Meint's ös? Fix h'nein! wann dös mein' Alte gift, — z w e i m a l hätt' ich mich gern g'ſchrieb'n.

Großbauer (iſt mit einer Gruppe dem Hintergrund zugeſchritten. Alle Perſonen bilden jetzt einen weiten Halbkreis und der Großbauer ſteht der Gruppe der Burſche gegenüber, den Steinklopferhanns erblickend). Lump! biſt Du auch noch da mit Deiner Quart? Siehst, wir haben's auch ohne Euch g'richt!

Steinklopferhanns. Geht mich ja Alles nix an! — War auch kein' Frag, daß b' uns net dazu brauchst. Was harbst Dich denn nachert so und verschimpfirst uns? Sixt, wann ich so auf der Straßen bei dö Steinhaufen hock, da schleichen Dir 'n Tag über a Menge Leut vorbei, dö ausschau'n wie 'n Tod seine Spion', und dö fast neidig auf mich 'rüberschau'n, wann ich so lustig d'raufklopf und sing' — 's sein Tagwerker und Klein=händler, die sich so in Elend mit Weib und Kind fortfretten; schau, Großbauer, wann d' macherst, daß b' Straß, so weit durch's Land geht, a freundlich G'sicht krieget, wann d' a G'schrift brächst, wo d'rin stund: dö Großen soll'n nit mehr jed' neu' Steuerzuschlag von ihnere Achseln abschupfen dürfen, daß er den armen Leuten in's Mehlladel, in 'n Eierkorb und in's Schmalz=häfen fallt, sondern sie sollten ihn, wie er ihnen vermeint is, die 's haben, auch alleinig trag'n, — ah ja, Großbauer, da setz' ich Dir schon meine drei Krenzel b'runter, das verstund ich Dir schon, — aber was Du heut fürbracht hast, das mag recht gut g'meint sein, — doch mich fecht's nix an, und hast Du bisher 's ganze Pfund glaubt, werd'n Dich die paar Loth Zuwag' a nit umbringen! — Willst uns aber die Straßen säubriger machen, da sein wir dann schon dabei . . . .

Alle Bursche (umringen den Steinklopferhanns und ziehen singend ab).
Beim Steinerschlag'n, beim Steinerschlag'n,
Beim Steinerschlag'n, Juchhe!!

(Unter dieser allgemeinen Bewegung fällt der Vorhang.)

Zweiter Akt.

(Bauernstube im „gelben Hof". — Mittelthüre. — Eine Seitenthüre links. — Rechts neben dem Fenster Tisch und Stühle. — Im Hintergrunde ein Schrank.)

Erste Scene.

Anton in Hembärmeln, sitzt beim Fenster und raucht. Dann **Steinklopferhanns**.

Anton (indem er etliche lange Züge thut und den Rauch behaglich von sich bläst). Ah! die Morgenpfeif' schmeckt da herin doch viel besser, als draußt. — Hum — Wenn die Katz außer Haus is, hat die Maus Kirchtag! — Na, schimpfen wird's schon, daß ich ihr b' ganz' Stuben verräucher, dö Seferl, wann's hoam kimmt. Aber sollt' ich z'weg'n ihr allweil draußt auf'm Bankel vor'm Haus rauchen? — Hum — Hum — da draußt verlöscht Ein'm eh' der Wind 's Schwefelholz, und verblast Ein'm 's ganz' Feuer und mer kimmt vor lauter Pfeifenrichten nie in's Rauchen!

Steinklopferhanns (steckt den Kopf zur Thür herein). Guten Morg'n!

Anton. Grüß Gott, Steinklopfer!

Steinklopferhanns. 'N Herd soll ich Eng richten.

Anton. 'N Herd?

Steinklopferhanns. Freilich! b' Weibsleut wissen, ich bastel gern und ich versteh' mich d'rauf, d'rum hat mich a die Deine herb'stellt. — Is nit dahoam b' Bäurin?

Anton. Na, sie is beichten!

Steinklopferhanns. Und Du hast's geh'n lassen?

Anton. No, werd' ich's doch nit von der Frummheit abhalten?

Steinklopferhanns (schupft die Achsel). Mir gilt's gleich!

Anton (lacht). Dös denk' ich selber!
Steinklopferhanns. Mir liegt's nit auf!
Anton. Du red'st verwunderig!
Steinklopferhanns (setzt sich an's andere Ende des Tisches, ihm gegenüber). Weißt, ich war gestern noch drüben im Grundldorf. Die Remasuri wird groß, d' Weibsleut sein dort wie verruckt, und es wird denen sakrisch warm, die 'm Großbauern sein' G'schrift unterschrieb'n haben; sie ließen hizt wohl gern los, aber der Großbauer hat's von der andern Seiten bei die Flüg und so zappeln sie sich hinunter, daß Ein'm ordentlich Leid g'schieht um sö! 'S ganze Wesen kommt vom dortigen Kaplan; dö Weiber hab'ns als Buß aufkriegt, daß 's ihn're Manner dazu 'rum krieg'n, daß Jeder sein Nam' wieder 'rausstreicht.
Anton. Dös is dreut!
Steinklopferhanns (boshaft). Habt's es auch bald herenten! — Da in Zwentdorf faßt sich's noch leichter an, weil Eng da kein Großbauer halt, — der kann ja nit, wie a Grashupfer, hizten in Grundldorf und nachet — kaum schaut man — gleich wieder da in Zwentdorf sein. Und kriegt nur sein Zeug da a Rückl, so bohrn's schon mit'n Finger nach, daß a Riß d'raus wird, der von Zwentdorf bis Grundldorf reicht; — d'rum is ja den hiesigen Bäurinnen auf einmal die Reu und die Buß eing'schossen, weil gestern noch die Pfarrköchin All's z'sammtrommelt hat.
Anton. Glaubst, wir sein wie dö von Grundldorf? Bei uns Zwentdorfern richten die Weibsleut nix!
Steinklopferhanns. Ich weiß's, ös seids nit von dem nämlichen Lehm wie die Andern, Eng hat der Herrgott aus die Kieseln im Zwentdorfer Mühlbach g'macht. (Lachend). O Du mein lieber Gelbhofbauer, Du kennst Dich noch lang nit aus!
Anton (zornig, schlägt mit der Faust in den Tisch). Wann D' mich fexir'n willst....!?
Steinklopferhanns. Beileib nit...!
Anton. Ich kennet mich net aus?! (Erhebt sich vom Sitz, dreht dabei dem Fenster den Rücken zu, legt dem Steinklopferhanns die Hand auf die Schulter, überlegen.) Mein lieber Monbua, was willst den Du wissen vom Verheiratsein? Die ledig Dirndln, wo dir noch auskönnen, ah, das is a anderʼ Sach, — die sein oft schneidig, — aber

fei Du einmal Mon zu Einer und spiel Dein' Herrn, — um 'n Finger kannst's wickeln!

Steinklopferhanns. Ja, wie a Leinwandfleckel, wann Dich voreh' g'schnitten hast! (Deutet über Antons Schulter nach dem Fenster.) Grad kimmt Dein Bäurin!

Anton (dreht sich rasch um). Blitz h'nein! dö kimmt zeitlich z'ruck, — hätt's nit so bald d'erwart! (Riecht in die Luft.) Der Tabakrauch hat sich noch nicht aus der Stuben verzogen, wie mir scheint.

Steinklopferhanns (gleichfalls riechend, boshaft). Na, es riecht da wie auf einer Wachstub'n!

Anton. Was thu' ich? D' Pfeif' leg' ich in d' Tischlad — (thut es) und sag' halt, wenn d' Red' d'rauf kam, Du hätt'st oans g'raucht!

Steinklopferhanns. Meintsweg'n! (Wie Anton oben, überlegen.) Aber, Gelbhofbauer, dös g'fallt mir nit, daß Du zu Dein'm „Herrnspiel'n" wie beim „Mariaschen" ein' Zweiten brauchst.

Anton (nach der Thür blickend, als fürchte er überrascht zu werden). Pah! z'weg'n 'm Rauchen, dös is a Dummheit! Aber z'weg'n der Unterschrift kann mer doch nit nachgeb'n. Was meinst?

Steinklopferhanns. Ich? Nix! Ich bin ja Keiner von die Unterschreiber!

Anton (faßt ihn an der Hand). Na, ernstlich, Steinklopfer, — wann's selbst voreilig g'wesen wär', — wer a Mon heißen will, kann nit heut so und morgen anders, — 's wird nit geh'n!

Steinklopferhanns (ernst). Na, 's geht a nit! (Legt den Finger an den Mund.)

Zweite Scene.

Vorige. **Josefa** (im Sonntagsstaat mit Gebetbuch und Rosenkranz).

(Kurzes Ritornell, unter dem sie vorkömmt.)

Langsam bin ich fruh
Zu dem Kirchel in d' Höh,
Kohlschwarz war mein' Seel'
Und mein Herzal voll Weh:

Kohlschwarz war mein' Seel'
Von dem sündigen Ruß
Und mein Herz war mir weh
Z'weg'n der Reu und der Buß!
(Lustig.)
Wegkehrt is der Ruß,
Hizten hat's mehr kein G'fahr,
Und wann's mich schenirt,
Geh' ich wieder auf's Jahr!
Langsam bin ich 'nauf,
Als a kohlschwarzer Rab —
Und g'schwind kim ich als
Schneeweiß's Täuberl herab!
(Jodler.)

Steinklopferhanns (zu Anton). No wird sich's schneeweiß' Täuberl gleich 'n Schnabel wetzen! (Zu Josefa.) Grüß Gott, Bäurin!

Josefa. Grüß Gott, Steinklopfer, — bist amol da weg'n 'm Herd?

Steinklopferhanns. Freilich z'weg'n 'm Herd.

Anton (verlegen). Daß D' schon da bist, Seferl!

Josefa (bedeutsam). Kumm ich Dir z' fruh?

Anton. Du kummst mir allmal nur g'leg'n.

Steinklopferhanns. Haha! glaub's schon — so a Weiberl! — Wie Du aber fein bist, Bäurin! Hast Dich für'n Herrgott'n so sauber g'macht, oder für'n geistlich' Herrn?

Josefa. Hab' Du nur wieder a loses Maul! Dir geht's noch mal übel! Sollt'st Dich hüten!

Steinklopferhanns. Ich mich selber? Gang mir ein, daß ich auf meine alten Täg noch Ochsenbua wurd; ich kumm mir net aus!

Josefa. Dir kann man's auch gut meinen oder schlecht, bei Dir greift nix an! Dös Bild von Dein' Namenspatron, das ich Dir neulich g'schenkt hab', daß D' doch was Heiligs an Dir hast — das hast wohl a nimmer?

Steinklopferhanns. Ah, das halt' ich schon in Ehr', — is ja a Präsent! Ich trag's um 'n Hals — Schau! (Greift unter seinen Brustlatz.) Jesses! — Bäurin, weißt noch, wie die alt' Brenningerin g'sagt hat, wie's vorig Jahr bei ihr einbrochen sein und hab'n ihr auch'8 Kruzifix mitg'nommen: „Jesses, hat's g'sagt — jetzt hat'n Herrgott'n a der Teufel g'holt!" Schau her — (zeigt die Enden einer abgeriss'nen Schnur.) Ich hab'8 nimmer!

Josefa. Hab'8 eh' g'wußt!

Steinklopferhanns. Nix weißt! Ich hab'8 schon noch. Es is nur abig'rutscht. (Steht auf.) D'rum hab' ich net 'g'wußt, warum ich auf amal so hart sitz'! (Schlenkert mit dem Bein.) No muß er schon ganz 'nunter! Bin ich froh, daß er kein Glas vor hat!

Josefa (lachend). Du bist a Unend! — Jetzt gib aber a Ruh — Du weißt, wo ich herkimm. Kumm lieber 'raus, der Herd wart' auf Dich! Ich zeig' Dir, wo'8 fehlt.

Steinklopferhanns. Nöt nöthig! Hab' ihm'8 schon im Vorbeigeh'n ankennt.

Josefa. So schau dazu! Arbeit', wann D' schon nit bet'st!

Steinklopferhanns. Is 'm Herrgott'n vielleicht eh' lieber, als '8 schaut Einer '8 Beten für a Arbeit an! (In die Küche ab.)

Dritte Scene.

Anton und Josefa.

Anton (blickt nach Josefa, für sich). Jetzt kimmt d' Reih an mich! — Sie geht nit 'mal vorerst in d' Kammer sich ausg'schirr'n!

Josefa (geht langsam vor und setzt sich, wo früher der Steinklopferhanns saß, dem Anton gegenüber und sagt sehr gewichtig). Du, Toni!

Anton (als horchte er auf etwas anders). Ja!

Josefa (wie oben). Ich hätt' mit Dir z' reden.

Anton (wie oben). So?

Josefa. Sag' mir nur einmal —

Anton (unterbrechend). Du, mir scheint, d' Küh' hab'n kein Futter, ich mein' ich hör'8 röhren.

Josefa (faßt seinen Arm). Laß Du hizten die Küh', die hab'n ihr'n Theil! — Ich hab' a ernst Wörtl mit Dir z' reden.

Anton. A ernst'8 Wörtl? Schau, dös is Dir nie gut ang'standen, ich hab' Dich allweil viel lieber g'habt, wann D' lustig warst.

Josefa. Es is mir aber grad nit g'spaßig!

Anton. Is Schad! Ich bin wieder zu nix G'scheiten aufg'legt. Schau, Seferl, verdirb mir mein' dummen Tag nit, (steht auf) heb Dir 'n auf ein andermal auf, 'n ernsten Dischkurs.

Josefa (gleichfalls aufstehend). Fallt mir nit ein! da bleibst und Red' stehst mir! Dein Ausweichen kimmt wohl auch nur vom schlechten G'wissen her, das sich hizt in Dir aufriegelt und dös is a Fingerzeig Gottes, den man ausnutzen muß!

Anton. Geh zu! wo nahmet denn unser Herrgott d' Finger her, wann er auf jeden einschichtigen Bauern deuten wollt?

Josefa. Denk' nur nit, daß D' mich mit so wohlfeile G'späß in's Lachen bringst. Der Vermahnung, die ich heut' kriegt hab' werd' ich eingedenk' sein, und d'rum muß ich Dir's in's G'wissen reden. — Du warst gestern mit im Wirthshaus —

Anton. Nach Langem wieder amal. Dös is nix Unrechts!

Josefa. Es habt's dort a Adreß unterschrieb'n —

Anton. No ja, eben im Wirthshaus unterschreib'n sich halt leicht ihrer Mehrer als sonst wo.

Josefa. Und voran hast Du Dich unterschreib'n müssen — voran, grad Du!

Anton. No ja, weil —

Josefa (heftig). Dös is sündig, sag' ich — sündig is's!

Anton (ganz gelassen). No is 's halt sündig!

Josefa (schlägt die Hände zusammen). So, und wann's sündig is, meinst, dös is nur so, daß man sagt: es is sündig — und nachher nix? Weißt, was nachher kommt?

Anton. Dös weiß ich net.

Josefa. Wenn D' g'storben bist?

Anton. Da weiß ich wohl noch viel weniger davon.

Josefa. In d' Höll kommst!

Anton (zuckt die Achsel). No sollt man schon wo sein müssen, müßt man sich halt drein gewöhnen, ich bin nit verzärtelt!

Josefa. Jesses! Tonl, bist Du ein Unchrist! (mit gefalteten Händen). Sollt' ich vom lichten Himmel abischau'n müssen, wie Du im höllischen Feuer brat'st — Tonl, wenn Du mir das anthun könnt'st, wenn wir allzwei verstorben sein, das überlebet ich Dir net!

Anton. Dös wär' freilich a kuriose G'schicht!

Josefa. Möchst nit auch als seliger Geist bei mir sein?

Anton. Dös kann ich wohl nit sag'n; denn die selig Geister hab' ich oft in Büchetn aufg'mal'n g'sehn, dö schaun aus wie Leintücher, wo nix dahinter is!

Josefa. Tonl, ich bitt Dich, g'spaß nit mit so ernste Sachen. Ich weiß g'wiß, ich ging Dir da drüben auch ab!

Anton. Wohl — wohl — möglich, möglich! (Mit Humor, indem er sie an sich zieht). Aber schau, Seferl, wann man sich schon 's ganze Erdenleben lang gern g'habt hat, schadt wohl a kleine Abwechslung d'rauf a nix; und wann wir dort auseinander müssen, fang ich halt a Verhältniß mit der Madam Teixel an!

Josefa (lustig). Du schlechter Mann Du! der Teixel hat ja eh' schon Hörndln!

Anton (hebt drohend den Arm). Und noch hundert dazu! Der höllische Erbfeind is lang nit g'nug g'zeichnet, der darf mir nit trau'n, auf den hab' ich's bissel scharf! Seferl, wirst sehn, der laßt mich ehnder selber gern laufen, dann machst Du mir's hint're Gartenthürl vom Paradeis auf und wir sein wieder bei'nander!

Josefa. Du bist doch a braver Mon, troß Dein'm losen Maul!

Anton. No freilich, wohl, wohl! Seferl, wann ich Dich a so anschau — fix h'nein! — Dir wird aber 's Engelg'wand weiter nit gut steh'n!

Josefa (lacht). No, ich wär' a ziemlich ausg'wachsener Engel!

Anton. Ah, sein mir viel lieber die ausg'wachsenen, als wie die, wo blos die Köpf' in der Luft herumflieg'n!

Josefa (schmeichelnd). Schau, Tonl — Du bist eigentlich doch a grundg'scheiter Mon!

Anton. No ich mein's! (mißtrauisch). Aber wie kimmst denn Du d'rauf? Hab' ich leicht was Dumm's angeb'n?

Josefa. Weit g'fehlt! G'sagt hast es und recht hast. Lustig redt man sich viel leichter!

Anton. Dös is sicher.

Josefa (drängt ihn zur Seite, wo der Tisch steht). No, siß' aber wieder nieder, Tonl, und wann D' Dein' Pfeif' rauchen willst, ich verlaub's schon.

Anton (hat sich gesetzt und nimmt die Pfeife aus der Tischlade, für sich). O du feine! Hizt käm's von der ganz andern Seiten! (Laut.) No, wann verlaubt is! (Zündet ein Schwefelholz an.)

(Josefa hustet.)

Anton. (gutmüthig). Dös is der Schwefel! (Auf die Pfeife.) Schau, is mir recht lieb, is eh nur b' Hälft' ausg'raucht und hat mir grab z'meist g'schmeckt, bevor Du kommen bist.

Josefa. Gelt und da haft's schnell verstecken müssen. Geh zu, thust doch grab, als wär' ich a Drach!

Anton. Ah, was nit gar, a Drachen! Mein lieb Hauskatzerl bist! (Für sich.) Ich paß' eh' nur drauf, wo's hizt wieder mit ihre Krampeln hervorkimmt! (Laut.) Ziehst Du Dein Sunntagg'wand nit aus?

Josefa. Na, hizt noch nit. Ich will schön sein und weg mag ich auch net von Dir. Geh, laß mich zu Dir setzen! (Setzt sich auf seinen Schoß.)

Anton (sieht sie bedenklich an). Wann Dich der Rauch nit schenirt —!

Josefa. Ah beileib! — Hizt laß' Dir verzähl'n, Tonl —

Anton. No, is recht, bist ja heut bei uns're Acker vorbeigangen, verzähl' mir, wie's draus steht?

Josefa. Na — z'erst die Vermahnung! dös Schriftstuck —

Anton. Jesses h'nein, Seferl, hast Du aber a Schweren — ich halt Dich nit aus! (Will auf.)

Josefa (legt die Arme um seinen Hals). Tonl, bleib da! — Ich mach' mich schon leicht. Nur reden laß mit Dir. Jetzt werd'n wir sehn, wer's Andere lieber hat — der gibt nach!

Anton. Schau, Seferl, dös führt aber zu nix! Mon und Weib hab'n sich doch gleich gern, Du wollt'st mich doch nit weniger gern hab'n, so gibt natürlich Daus nach und 's Andere auch und Alles bleibt beim Alten.

Josefa. No dös verstehst Du aber nit! Dös mit'n Schriftstuck . . . .

Anton (bläst nach jedem Satz gewaltige Rauchwolken von sich). Hum — Seferl — aber grad dös verstehst Du nit, — dös sein keine Weibersachen — und nachet — gehts eigentlich kein Menschen was an.

Josefa (die immer ärger hustet, läuft jetzt von ihm weg). Ah, — Tonl — Du verselchst Ein'm ja!

Anton (hustet ebenfalls und wischt sich mit dem Hembärmel ein Auge um das andere — für sich mit großer Genugthuung). Is halt doch gut s' Rauchen! (Laut mit erkünstelter Theilnahme.) Na siehst, selb' hab' ich mir eh' denkt, und hab' Dir's auch g'sagt, Du vertragst halt 'n Rauch nit! Ich werd' die Pfeif' draus auf'n Bankl ausrauch'n! (Geht nach der Thür.)

Josefa. Tonl — laß reden mit Dir!

Anton (bei der Thüre, wendet sich etwas, pfiffig). Na, na, Seferl, dös muß gar a heißer Brei sein, um den D' gar so herumschleichst. Na! (Greift nach der Klinke.)

Josefa (ist um den Tisch nach dem Fenster gegangen und steht jetzt davor). Tonl, sag' ich!

Anton. Noch was?

Josefa (blickt auf das Fensterbrett und steht mit dem Rücken nach Anton gekehrt). Wann D' recht folgsam wärst, thät ich Dir was versprechen!

Anton (an der Thür). Ja, ja — versprechen, — aber — halten!?

Josefa (feierlich). 'S Halten steht freilich bei Gott und unsrer lieben Frau!

Anton (tritt etwas näher). Seferl! — Was wär's denn nachher?

Josefa (kehrt ihm ganz den Rücken). Dös mußt schon selber errathen!

Anton (ist nahe getreten, legt mit der Rechten die Pfeife auf den Tisch und faßt mit der Linken die herabhängende Hand seines Weibes). Seferl, laß' Dich anschau'n!

Josefa (blickt ihn über die Achsel einen Augenblick an und wendet dann rasch den Kopf).

Anton (schlägt die Hände freudig zusammen). Juhu! Ueber's Jahr sein wir nimmer allein auf'm gelben Hof!

Josefa. Pscht — aber Tonl!

Anton (bezähmt sich gewaltsam und macht halbe Ländlerschritte durch's Zimmer). Hahaha! — Jesses und Josef — is dös a Freud!

Josefa. Tonl, nit wahr, Du wirst's nit in Elternsünd' auf b' Welt kämma lassen —! Ich müßt mich so hinabängstigen —!

Anton (kratzt sich hinterm Ohr). Sikra h'nein, dös sein freilich andere Sachen!

Vierte Scene.

Vorige. A tempo erscheint unter der weit in Angel sich öffnenden Thür der **Steinklopferhanns** mit zurückgeschlagenen Hemdärmeln und streckt die lehmbeschmierten Arme von sich weg.)

Steinklopferhanns (beziehungsweise). Bäurin, hast kein Lehm mehr!

Josefa (ungeduldig, schreit ihm zu). Draus im Hof is g'nug!

Steinklopferhanns. Dank schön! (Zeigt nach der Küche und sieht dabei Anton an). Weißt, der is mir schon z'weich word'n!
(Schließt wieder die Thüre hinter sich.)

Fünfte Scene.

Anton und Josefa.

Josefa (zu Anton, der schweigend dasteht, schmeichelnd). Gelt ja, Tonl — no schaut die Sach' anders aus — no gibst nach?

Anton (sehr bedenklich). Ja anderscht wär's schon —; aber Du, Seferl, sag' mir doch amal — wir sein noch allweil nit z' Red drüber word'n, — wann ich nachgab, was müßt ich denn eigentlich thun?

Josefa (immer beschönigend). Hör' zu, Tonl, es is nit so viel, wann man die groß' Versündigung bedenkt; Du hast in der Sünd' den Leuten a Beispiel geb'n, mußt's jetzt a in der Buß!

Anton. Ah ja, weißt nur, in der Sünd geht dös allmal leichter!

Josefa. Du mußt Dein' Unterschrift verlaugnen.

Anton. Verlaugnen? Ich kann doch nit sag'n, s' is nit die Meine?

Josefa. Sag halt, Du häst's nit verstanden, um was sich's dreht, Du wärst nit ganz nüchi (nüchtern) g'wesen.

Anton. Dös war a Lug und a zweite Sünd!

Josefa. Selb' is a Nothlug zu ein guten Zweck, — dö verzeiht unser Herrgott!

Anton (perplex). Aber Seferl — na hörst — Dir habn's aber schöne Stückl'n beibracht!

Josefa (von nun ab diktirend). Erst nimmst also als Erster Dein Unterschrift c: z'erst z'ruck —

Anton. Da stoß' ich'n Vettern, 'n Großbauer, vor'n Kopf, und b' Leut im Ort werd'n mich leicht auch noch ein Trottl heißen.

Josefa. Besser ein reich Vettern verloren, als 's Himmel=reich, besser da unt' a Trottl —

Anton. Laß' mich aus, zwischen bö Trotteln unten und bö Trottln oben, is g'wiß kein Haarl Haar Unterschied.

Josefa. Laß Ein's doch ausreden! Dann schnürst Dein Binkerl —

Anton. Mein Binkerl?

Josefa. Nimmst's auf'n Buckel —

Anton. Nimm's auf'n Buckel — und —?

Josefa. Und wallfahrst zur Buß nach Rom.

Anton (ringt vor Erstaunen nach Athem und sagt dann ganz ruhig). Nach Rom? — Sunst nix?

Josefa. Sunst nix!

Anton. Dös werd' ich mir doch erst a wengerl überleg'n!

Josefa. So ist's festg'setzt und so muß's g'halten werd'n!

Anton. Dös Rom liegt doch nit da gleich um's Eck? (Geht zum Schrank und nimmt seinen Rock heraus.)

Josefa. Möchst nit a leichte Buß auch noch? — Wohin willst denn?

Anton. No, nach Rom noch nit!

Josefa. Leicht in's Wirthshaus?

Anton (setzt den Hut auf). Dös eh'nder!

Josefa. Da bleibst, sag' ich! Der Mann g'hört nit in's Wirthshaus!

Anton. Na, ich weiß's schon, nach Rom g'hört er! Aber eben's d'rum, weil jeder Schritt vom Haus weg, jetzt schon meiner Wallfahrt zu Guten kimmt, so bin ich a im Wirthshaus Rom naheter als d'erhoam!

Josefa. Du, Toni, trau' mir nit, narr'n laß ich mich nit! Ich seh schon, Du willst wieder ausweichen und ein G'spaß aus'm Ganzen machen; aber dös sag' ich Dir, Du gehst mir nit von der Stell, bist D' mir Dein Wort geb'n hast, daß D' thust, wie's nöthig is zu Dein Seelenheil!

Anton. Mei' Seel' is eh' ganz heil, es thut ihr ninbaſcht nix weh! (Ihr näher tretend.) Aber Eins, Seferl, g'freut mich doch bei denen Sachen.

Joſefa (weicht zurück). Bleib' mir vom Leib!

Anton (zudringlich). No, laß Dir doch „b'hüt Gott" ſag'n!

Joſefa (ſchreiend). Net anrühr' mich, ſag' ich!

Anton. Na, na, ich beiß Dich net! — Schau, Seferl, mußt Dich nit giften; b ö s t h a t E n g ſ c h a d e n! Selb g'freut mich doch, daß D' mir dös g'ſagt haſt.

Joſefa. Du depeter Ding Du! Meinſt denn, dös is wahr? Selb war auch nur a Nothlug' zu ein' guten Zweck!

Anton. Jeſſes, heilig Mutter Anna! Selb' wär' nit wahr?

Joſefa (heftig). Na, nit wahr is 's und ſoll a nimmer wahr werden, wann D' Dich nit anderſcht beſinnſt! Und ausg'redt hab'n wir jetzt und nach der Vermahnung, die wir heut kriegt hab'n, halt ich mich auch! A chriſtlich Weib kann ſich nicht mit ſo ein unchriſtlich Monn abgeb'n! Bis D' nit Reu und Buß b'erweckt haſt, darfſt mir nit in b' Näh' kämma, und ſchon heut riegl' ich mich ein in der Kammer und Du kannſt auf'm Heuboden ſchlafen, ſo lang Dir g'fällig is! (Ab zur Seite, indem ſie die Thür hinter ſich zuſchlägt.)

Anton (blickt ihr überraſcht nach). No, dös is luſtig! — Es wird ſich aber ſchon geb'n, wenn nur erſt a Reichtel Zeit in's Land gangen is! — Hahaha, liebe Seferl, werd'n wir halt ſeh'n, wer's länger aushalt in der Kloſterei! (Plötzlich wild, indem er mit der Fauſt in den Tiſch ſchlägt.) Himmelheiligkreuzdonnerwetter! ich möcht' doch wiſſen wie's dazu kämen, daß ſie ſich zwiſchen Mon und Weib einmiſchen! —!

(Zwiſchenvorhang.)

Verwandlung.

(Dekoration: Wirthshausstube. In der Mitte der Haupteingang, eine offene Thür, rechts und links von derselben je ein Fenster. Durch Thür und Fenster hat man die Seitenansicht des im ersten Akt beschriebenen Hofraumes. Eine Seitenthür befindet sich links. Eine brennende Lampe hängt inmitten der Stube von der Decke herab. Große Tische, bei jedem an der Mauerseite Bänke, rund herum Stühle; zwei Tische ganz vorne, einer links mit der Längsseite, einer rechts mit der Breitseite gegen das Publikum. In der Ecke ein großes hölzernes Krutifix und hinter demselben ein Palmbuschen.)

Sechste Scene.

(An dem Tische links sitzen ganz an der Ecke gegen die Mauer **Claus** und **Mathies**, dann in der Reihe herum andere **Bauern**, an der entgegengesetzten Ecke der **alte Brenninger**, an anderen Tischen sitzen auch hie und da **Gäste**. — **Veit** und **Liesl** gehen bedienend immer ab und zu. — Eingangs eine kleine Pause. — Die Gespräche werden mit halber Stimme geführt.)

Claus (stößt Mathies an). Was, Nachbar —?

Mathies. Sakra h'nein! Sakra h'nein! Ich hab's aber gleich g'sagt — hon (habe) ich's nit gleich g'sagt? wann die Weibsleut dahinter kämen, wird's a wüste G'schicht!

Claus. Freilich, hast es gleich g'sagt, Nachbar! Ich aber hon's a gleich g'sagt! Hon ich's net a gleich g'sagt?

Mathies. Freilich, allzwei hon mer's gleich g'sagt!

(Beide senken die Köpfe und seufzen schwer; an den andern Tischen finden die Seufzer ein sich fortpflanzendes Echo.)

Einige. Alle hon mer's gleich g'sagt!

(Kleine Pause.)

Claus (hebt den Kopf). Wann nur Eine nachgab, daß man sagen könnt, schaut's eahm an, der hat a Anderne, wie ös seid's; müßt's auch so sein, wann d' rechte Weiber sein wöllt's!

Mathies. Freilich, freilich! — Wann Oane nachgab —!

Claus. Moanst, 's gibt Oane nach?

Mathies. Ach beileib!

Claus. Freilich nöt!

(Wie oben.)

Einige. Koane gibt nach!

Siebente Scene.
Vorige. Bursche, darunter **Loisl. Michl. Martin. Sepp.**

Michl (tritt hinter die Thüre, und sagt zu den Anderen hinter ihm Eintretenden). Sitzen schon beinand, die Kreuzelschreiber!
(Die Bursche gehen nach dem Tische rechts und setzen sich.)
Die Bauern, wie sie die Bursche eintreten sehen, rücken allgemein zusammen, blicken mißtrauisch hinüber und sprechen von nun ab noch leiser.)

Mathies. 's is eigentlich nit recht —
Claus. Freilich net!
Mathies (legt ihm die Hand aufs Knie). Nachbar, weißt ja noch nit, was ich eigentlich sagen will?
Claus. Kann mer's denken!
(Wie oben.)
Einige. Wer kann sich's denken!
Martin (zu den Burschen). Wie dö aber heunt elendten!
Mathies. Dös hon ich wöll'n sag'n, Nachbar, selb is eigentlich nit recht — gegen so neuche G'setz und so lutherische Regierleut, no do hab'n wir schon mitthan — ja, da war'n wir gut, — aber — daß 's hizten 's Weib geg'n 'm Mann aufhetzen, als wär' er der Unnöthig, selb is nit recht!
Claus. No jo, no jo — selb hab' ich allmal denkt, die Regierleut sein doch auch Menschen und was man nit will, daß Ein'm selber g'schicht, soll mer auch kein' Ministeri than!

Achte Scene.
Vorige. Steinklopferhanns.

Michl. Ho, Steinklopfer! Her kimm!
Martin. Da sein mer!
Steinklopferhanns. Guten Abend miteinand! (Geht nach dem Burschentisch und nimmt, mit dem Rücken gegen den alten Brenninger sitzend, Platz.)
Mathies. No is der a da, no kann mer bald nix mehr reden! ·
Steinklopferhanns (zu Veit). No, Wirth, heut is 's aber nit lustig bei Dir!
Veit (achselzuckend, seufzend). 's sein schwere Zeiten!

3*

Michl. Den Kreuzelschreibern geht's a bissel schlecht!
Loisl. Mir wöll'n anbinden mit sö!
Steinklopferhanns. No seid's nit dumm!
Brenninger (ängstlich). Aber Moner — es geht ja nix führi — es geht ja nix führi — weiß Koaner noch, was g'schicht — Koaner weiß was!
Steinklopferhanns (deutet über seine Achsel). Der alt' Monn d'erbarmt mer! — Die Andern soll'n sich nur abschwitzen.
Claus (blickt umher). Ja, wann nur Einer von uns widerrufet, daß mer sag'n könnt —
Mathies. Ja, daß mer sag'n könnt, 's war z'weg'n 'm Beispiel!
Claus. Ja, 's is a verflixte G'schicht! Mein Alte hat g'sagt —
Mathies. Dös Nämlich' hat a die Mein' g'sagt.
Claus. Ich hon Dir's ja noch gar nit g'sagt, was die Mein' g'sagt hat.
Mathies. Alle sagen's — auf'n Heubod'n oder nach Rom müss'n mer — sagen's!
(Wie oben.)
Einige. Auf'n Heubod'n oder nach Rom!
Brenninger. Und Rom soll weit sein, — so viel weit sein!
Steinklopferhanns (dreht sich sammt seinem Stuhl gegen Brenninger hinüber). Aber, Brenninger, schenirt er Dich denn a noch der Heubod'n?
Brenninger. Hihihi! Mich? Ah na! — Aber doch — freilich — freilich! — ganz anderschter, wie Du meinst, Du Hallodri! — ganz anderschter! (Indem er die Hand zurückzieht, die er dem Steinklopferhanns auf die Achsel gelegt.) Aber selb verstehst Du nit, Moubua! — Hihihi! männigmal noch, wann mein alt Annemirl grad im Sunntagg'wand aus der Kammer kimmt, da tapp' ich's so an, wie a verliebter Dalk — hihi! — Da kann sie sich z'meist giften — no, sie is schon schön z'sammgangen und ich bin a nit viel säubriger word'n — völlig grausen könnt uns für einand, — hihi — völlig grausen, wann man halt nit auch die schön' Zeit mit einand verlebt hätt — die schön' Zeit! — Nahzu fufzig Jahr haus' ich hizt schon mit meiner Annemirl und wann man so viel Kinder... laß schaun... sieben

Stuck — (zählt murmelnd an den Fingern) die Mirzl — d' Rosl — 'n Sepp — (zählt unverständlich bis zum siebenten Finger) und 's Erste… weiß nimmer wie dös g'heißen hat — ja, ja — sieben Stuck — in Freud und Leid auf'zog'n hat, und muß dann sehn, Ein's nach'm Andern 'naustrag'n auf'n Gott'sacker, — ja, da g'wöhnt man sich schon in's Alleinsein und schickt sich Ein's völlig in's Andre!

Bauern haben sich in Gruppe um Brenninger und Steinklopferhanns versammelt und hören zu.)

Steinklopferhanns. Glaub's schon, — glaub's schon, — fufzig Jahr is a schön Stuck Zeit!

Brenninger. No ja, no ja — mein's a! — Wir hab'n a Eins auf's Andre g'schaut. Wie's Neuzeit 'n Husten kriegt hat — und b'sunders in der Nacht, da hat's so stark g'hustet, — da hat's ein' Thee für d' Brust trinken müss'n — der is am Fensterbrettl g'standen, dös hon ich schon g'wußt, — nöt amol in der Nacht bin ich auf und hab ihr 'n g'holt 'n Thee, — und wann man so 'raus muß aus'm wacherlwarmen Bett und trifft auf die kalt' Bretter grad auf ein eisernen Nagel - brrr — hihi — dös gibt Ein'm ein Beutler durch'n ganzen Körper. — A öften in der Nacht werd' ich a munter und da horch' ich auf und da hör' ich nix als die Uhr und da wird mir so entrisch und da zieh' ich die Decken auffi bis über die Nasen und schwitz' mich hinunter vor lauter Angst, und auf einmal thut's drüben im andern Eck ein lauten Schnarcher — hihi — und da lach' ich — hihi — „die alt Annemirl is noch bei mir!" — No soll dös vorbei sein, sie d'erkennt nix mehr!

Steinklopferhanns. No wird sich doch Dein Annemirl nit g'ändert hab'n!

Brenninger (unwillig). Bist a balketer Monbua — a balketer Monbua bist! — D' Weibsleut brauchen sich gar nit z' ändern, is auch so schon nöt mit sie ausz'kimma! — Selb weiß man halt nit, 'vor man heirat! Seit gestert, wo wir uns da 'm Großbauern verschrieb'n hab'n, is 's aus und g'scheh'n! (Senkt den Kopf.) Aus is 's und g'scheh'n is 's!

Claus. Wohl, wohl, bei uns auch! bei uns auch!

Brenninger. Ja, ja, aber — so lang wie ich — so lang wie ich, haust Keiner von Eng mit sein Weib, — weiß Keiner, wie mir um's Herz is seit gestern. So war mir noch niemal mein Lebtag -- noch nie — na, na, — nit bevor — noch seither die fufzig Jahr! (Drückt die Hand an die Brust.) (Kleine Pause.)

Steinklopferhanns. Vertröst' Dich, es wird sich schon wieder geb'n! (Reicht ihm den Krug.) Trink' lieber Ein's!

Brenninger (schüttelt den Kopf). Müßt halt bald sein — recht bald —! (Nimmt den Krug und trinkt.) Gestern, wie ich von da gangen bin und hoam kimm, hon ich mich zum Herd g'setzt und mein' Pfeif g'raucht, — da is's letztmal mit mir freundlich g'weßt, die Annemirl, — 's letztmal! Speckknödl hat's grad kocht, — wißt's — so große, gute — hihi — wo mir so viel gut schmecken — mit ein Salat dazu, is bös a Fressen wie für ein Prinzen — hihi — wie für ein Prinzen! (Plötzlich niedergeschlagen.) Ich hon aber nix kriegt davon! — daß ich sag' — ja, daß ich sag' — auf einmal kimmt die Kathel vom Pfarrhof daher= g'rennt — bö und mein Weib kennen sich von Kindauf — no gehn dö Zwei in Hof und fangen a lange Wisplerei mit'nand an. Selb kann ich eh' nit leiden, nein — nein, nur allmal ehrlich und gradzu! No, wie mein' Alte wieder z'ruckkimmt, macht's Augen auf mich, als sahet's 'n Marder an mir, der ihr vorig Jahr alle Tauben wegg'fressen hat, — es war völlig zu'n fürchten! Und d' Kathl hätt d' Post bracht: Ich war a alt Esel und man hätt' solche Dummheiten nimmer von mir d'erwart! Auf selb' Grobheit hon ich mein Pfeif am Herd ausklopft und bin auf'n Hof.... aber ich hon's schon z'ruckgeb'n — hihi — ja, ja, ich hon's z'ruckgeb'n.... unter der Thür schon hon ich mich nomal umdreht und hon g'sagt: Wann's wissen, daß ich a Esel bin, so sollten sie sich doch nix G'scheidts von mir d'er= warten, wann's aber dem z' Trutz mir doch a Post schicken, so müßten's doch d' nämlich Sprach reden wie i a! (Lacht sehr stark über seinen Witz.) Hihihi — ja, ja, -- so hon ich g'sagt, so hon ich g'sagt! (Hustet.) Da is 's mir in Hof nachkämma d' Anne= mirl und d' Wartlerei is angangen und sein wir ganz unver= traglich auseinander gangen. - Sie -- sie hat allweil von der gut' Sach g'redt — Annemirl, hon ich drauf g'sagt, fufzig Jahr is's bald, wo wir miteinand in Fried hausen, glaubst, is 's gar so a gute Sach, was uns Zwei hitzten auf einmal von 'nand bringen möcht? — Was hat's drauf g'sagt? — Was meint's — was 's drauf g'sagt hat? Nix, gar nix hat's g'sagt, — d' Speck=

knödeln hat's wegg'nommen und d' Schüssel mit'n Salat und dem
Nixnutz, unserm Knecht, dem Andredl, hat sie's geben und der hat's
richtig alle g'fressen — aber alle! — Und wie Schlafenszeit
is, kimmt der Andredl mit zwei Schrag'n und paar Bretter,
schlagt unter der Bodenstieg'n a Kraxen auf und legt ein Stroh=
sack auffi — und d' Annemirl leidt mich nimmer bei ihr und
sie bleibet in unsern Zimmer eing'spirrt und ich sollt da schlafen;
— ich sollt da schlafen; — no, müd' war ich — ich hon recht
gut g'schlafen, — aber ich hon's d' ganze Nacht nit husten
g'hört, — ganz stad hon ich da liegen müss'n bis in der Fruh,
— ich hon nit aufsteh'n können, wie allmal, zweg'n ihr'n Thee,
und wann man amol was g'wohnt is, so will man doch sein'
Ordnung hab'n — no ja, sein' Ordnung will der Mensch doch!
— Heut fruh — no heut fruh hat's mir ohne „Grüß Gott"
und „Gut'n Moring" mein' Stoßsupp nur so zug'schob'n und
der Andredl hat a allmächtigs Häfen Kaffee kriegt — ein' Halbe
is schier h'nein gangen; — unter der Wochen ein' Kaffee, -
unter der Wochen! —! (Erbittert.) Verliebt, völlig verliebt muß's
sein in den Kerl, dö alte Stauden! Und er halt nit amol was
auf sie! — na, na, ich weiß, er halt nix auf sie! — Gleich
nach'm Fruhstuck hon ich'n über'n Hof nach seiner Kammer gehn
g'seh'n, in der Hand hat er den schön neuchen brennrothen
Brustfleck g'halten — den hat mir d' Annemirl zu d' Feiertäg
schon versprochen und hizt schenkt's 'n dem — Er aber hat
d'rum nit amol 's G'schloß von seiner G'wandtruch'n aufg'sperrt,
nur so in ein Winkel hat er 'n g'worfen — und war kein klein
Stuck Arbeit für ihre alten Augen und zittrigen Finger —
sauber — recht sauber, — und wie er'n nur so hinschupft, is
mir's Wasser in die Augen g'schossen --- (schlägt in den Tisch)
d'erschlag'n hätt' ich'n mögen, d'erschlag'n, den Lump, den un=
d'erkenntlichen Lump!! (Plötzlich ruhig). Aber g'schieht ihr schon
recht — g'schieht ihr schon recht, — sie halt's ja mit ihm, —
ich bin der Neamand in meiner eigenen Hütt! — So thut's
an mir, so thut's an mir — nach nahzu fufzig Jahr! Liebe Leut
— nach fufzig Jahr!! (Birgt den Kopf in die Hand.)

(Kleine Pause.)

Mathies. Mußt's nit so z' Herzen nehmen, Brenninger!

Brenninger (hebt den Kopf). Veitl! Mein' Zech! (Sucht nach
Geld in der Westentasche.)

Veit. Willst schon geh'n?

Brenninger (steht auf). Wohl! (Schüttelt den Kopf.) Ich weiß nit, mich leidt's nindascht — und hoam mag ich a nit gehn! (Gibt Veit Geld.) Schau, ob's richtig is. — Leicht geh' ich gar noch h'nüber nach Grundldorf zum Schwager.

Die Bauern sind, wie er aufbricht, zu ihren Tischen zurückgegangen. — Brenninger und Veit stehen jetzt allein in der Mitte der Bühne.

Veit. Da wird Dir's doch z'spat werd'n!

Brenninger. Ich versaum nix! — Unter der Bodenstieg'n mag ich nimmer schlafen — es geht mir auf einmal durch'n Kopf, auf dem nämlich' Fleck sein meine Kinder Ein's nach'm Andern auf'n Schrag'n g'leg'n, vor's 'naustragen word'n sein, — es geht ihnen besser als 'm Vatern — ja wohl, ja wohl — ich bin halt noch lebig — aber ebens d'rum, was thu' ich unter der Bodenstieg'n? (Wendet sich von Veit ab, tritt zur Mitte des Tisches und greift nach dem Feuerzeug, — streift ein Hölzchen an, läßt es aber plötzlich abgehen, und nimmt die Pfeife mit der Linken wieder aus dem Mund, vor sich.) Willst mich leicht schon draußt hab'n, Annemirl? — So — so —? — No — no! — Ich hon eh' nix mehr z'suchen auf derer Welt! — Und mein' Ordnung hon ich a nimmer — und wo ich mein Ordnung nit hab' . . . . . (Wischt sich mit der Hand, in der er die Pfeife hält, den Schweiß von der Stirne und steckt dann die Pfeife in die Brusttasche.) No is 's eh' gar! (Geht rasch einige Schritte.)

Veit. He Brenninger, hast Dich verseh'n, kriegst noch was 'raus!

Brenninger. B'halt's nur auf, Veit, b'halt's nur auf, brauch koans mehr! — Gute Nacht, liebe Leut, gute Nacht! müßt's mir halt nix für ungut nehmen, — nur nix für ungut nehmen, — wir sein doch allweil gut Nachbarleut g'wesen zu einand, — net — net? Freilich — freilich! (Geht wieder paar Schritte.) Wann's Ein's mein Annemirl seht's, könnt's es schon d'erschrecken: „ich ließ's grüßen und ich mach' ein' weit' Weg!" — Vielleicht thut's doch weinen! — Gute Nacht! Gute Nacht! — Lieb' Leut, denkt's a weng auf mich — und müßt's mich net z'viel bedauern — na, na, müßt's mich net z'viel bedauern!
(Geht durch die Mitte ab.)

Mehrere. Gute Nacht!

Steinklopferhanns (fährt vom Stuhl empor). Brenninger — ich geh mit Dir!

Martin (hält ihn zurück). Wirst doch nit hizt schon davonlaufen woll'n?

Loisl (ebenso). Steinklopfer, da bleibst!

Steinklopferhanns. Er soll bei mir in der Barak'n beim Steinbruch schlafen.

Michl. Holst ihn nimmer ein, und wie er wunderlich is, gaug er eh' nit mit Dir! Bleib' da! (Präsentirt ihm den Krug.)

Steinklopferhanns (trinkt und setzt den Krug zurück). Mir hätt'n 'n doch nit alleinig fortlassen sollen!

Neunte Scene.

Vorige. Altlechner.

Altlechner (hat einen großen Brodsack umhängen und einen Wallfahrerstock in der Hand, unter dessen Kreuz befindet sich ein Strauß von Feldblumen und ein Rosenkranz, der weit herunterhängt. — Er ist etwas angeheitert, stellt sich breit in die Thüre). Juhuhu!

Alle. Der Altlechner! der Altlechner! Wie schaut denn der aus?!

Altlechner (kommt vor in singendem Ton). Ja, der Altlechner! Grüß Eng Gott, Landsleut! und b'hüt Eng Gott, Landsleut! und b'hüt Dich Gott, Vaterland!

Mathies (freudig). Gehst epper gar — nach Rom?

Altlechner. Wohl, wohl — freilich, freilich — geh' ich!

Claus (freudig). Schaut's, der geht!

Mathies. Jetzt hot mer doch a Beispiel!

Altlechner. Na, nöt werd' ich gehn! Mein Weib hat ja penzt und kein' Ruh' geben, no thu' ich ihr d' Freud und mir d' Seligkeit und geh — juche dulidieh! — Mir Zwei — ich und sie — hab'n uns nie leiden mög'n. Ihr hat mein' Wirthschaft, die damal anderschter wie hent b'stellt war, in d' Augen g'stochen, — ich war grad a bissel zum G'spasseln aufg'legt und sie hat g'meint, sie d'erzwingt's, wann's g'fällig is — — und so hab'n wir uns allzwei d'rankriegt! — 's is aber a Dummheit 'rauskäma, es is nöthig word'n, daß sie heirat, und da hat mir's ganze Dorf zug'redt und da war ich der Dalk! — Und no soll's ganze Dorf a auf mein' Wirthschaft schau'n — ich geh! (Singt.) „Mein Kuh und dö Gas — sein verkauft für die Reif'!" —! — Und hizten geht's in's Römische oder Böhmische — wann ich nur von derer wegkimm! Damal war gottg'fällig, daß ich's nimm, und wann heut gottg'fällig is, daß ich von meiner Alten davourenn, warum söllt' ich nit rennen?

Mathies. Schaut's, bös is der Erste, der widerrufen hat!

Claus. Mir könnt doch sagen, wer folgt'm Altlechner!

Altlechner. Was könnt's sagen? Mir könnt's sagen! Ich hon ja gar nit widerrufen! Da hätt' ja mein' Alte a Freud d'ran g'habt und leichts hätt's in der Freud a mit ihr handeln lassen und hätt mer die Bußfahrt g'schenkt, und ich war der Lapp und müßt hoam- sitzen a noch! Ah na! 's Schwerere kimmt z'erst, hon ich g'sagt, und 's Andere g'schieht, bis ich wiederkomm — juchhe dulidieh! — D' Welt is weit — und all' Weg führen nach Rom und ich such' mir 'n allerweitesten aus! — Und hizt frei ledig, wie ich bin, setz' ich mich nit mal zu die Männer — Buben, rückt's zuhi und laßt's mich zu Eng setzen! (Setzt sich an den Bubentisch und singt.) „Wann mein Weib der Teufel holt — Zahlet ich ein Butten Gold!"

Mathies. Die Kuh und die Gas verkauft er und geht!

Claus. Aber widerrufen thut er nit!

Mathies. Der Lump, der!

Zehnte Scene.

Vorige. Liesl und Anton. (Ganz zuletzt der Großbauer.

Liesl (von Außen). Geh'n laßt mich, sag ich!

Anton (desgleichen). Aber Liesl, schau...

Veit (in der Nähe der Thüre, hinaussehend). Der Gelbhofbauer! — und auf hat er auch! No, heut, scheint's mir, kehrt Keiner mehr nücht bei mir ein!

Anton (offenbar stark erhitzt vom Trunk, verfolgt Liesl). Aber schau, heut — heut mußt gut sein mit mir, Liesl, sonst nimmst es auf's G'wissen — schau, heut — heut darf ich net zu meiner Seferl — 's is für d' gut' Sach, wann d' mich da b'haltst!

Liesl (hat sich seiner erwehrt). Bist ja a verheirat Mon! Mir sollt's doch nit glauben, was die „guten" Sachen auf derer Welt für schlechte Kerln machen!

Michl. Ho — Kreuzelschreiber! — Da is hizt Enger Hauptmann — vielleicht kommandirt Eng der: „Kehrt Euch!"

Anton (kommt vor, wild, die Bursche mit Blicken messend). Wer redt vom Hauptmann? Wer ist der Hauptmann?

Steinklopferhanns. Der am meisten h'rumschreit!

Anton (gibt ihm einen leichten Schlag in den Rücken). Is Dein Glück, daß Du's g'sagt hast, ein' Andern hätt' ich sammt'n Sessel in d' Erd' h'neing'haut! (Setzt sich auf den Stuhl, auf dem Brenninger gesessen.)

Steinklopferhanns. No, ich bin schon so auch z'frieden!

Michl. Der möcht' uns fürchten machen, er hat aber z'stark auf!

Martin. Der tragt heut nix aus! Fang nur an mit unsere Trutzliedeln!

Steinklopferhanns (steht auf). Wart's bissel, bis ich weg bin! A Drangab' z'weg'n engerer Rauferei hon ich grad kriegt — und 's Andere vergunn ich Eng schon alleinig! (Geht gegen den Hintergrund.)

Michl (singt).
Unten im warm' Federbett
Liegt es Bauersweib,
Und der Bauer selber liegt
Ob'n am Boden im Heu!

(C h o r.)

Kreuzelschreib'n, Kreuzelschreib'n,
Laß ich mein Lebtag bleib'n,
Kreuzelschreib'n, Kreuzelschreib'n,
Dös thu ich nöt!

Anton (dreht sich auf seinem Stuhl um, wild). Geht dös auf uns?

Sepp (lachend). A bewahr?

Loisl (singt).
Wann nur Bauers junger Knecht,
Nöt so frumm sein möcht —
Weil der Bauer liegt im Heu,
Bet' er mit'm Weib!

(C h o r.)

Kreuzelschreib'n — — (u. s. w.)

Anton (sieht auf und stellt sich knapp an den Bubentisch). Ich muß doch schau'n ob einer von Eng leicht noch a G'setzel weiß!

Altlechner (gerührt). Jesses! Jesses! So ein schön' Abschied vom Heimatland hon ich mir nit erhofft — hizt than mer a noch raufen!

Martin (sitzt Anton gegenüber an der andern Seite des Tisches und singt).

Gimpel, Gimpel, Vogelleim!
Schau, da bleib'ns dran pick'n!
Woll'n die Manner nit parir'n,
Muß man d' Weiber schick'n!

(Setzt ein.)

Krenzelschreiben — —

(Er und Chor brechen ab, weil)

Anton (über den Tisch hinüber den Martin beim Halstuch faßt). Laff elendiger! — kumm her!

Alles stürzt rauflustig auf die Gruppe zu, a tempo erscheint der

Großbauer (und schreit). Halt! — Auseinand, sag ich! — In solcher Sach gilt kein Raufen! — Da kimm ich grad z'recht!

(Die Gruppen lösen sich.)

Großbauer (kommt vor). Monner! [Eine komische Fagottstelle im Orchester malt ein vergebliches Ringen nach Luft aus.] — (Endlich gewinnt er Luft und sagt mit Entrüstung.) Einer hat mich auf'n Bauch g'schlag'n! —!

Michl. Da hat er nit lang z' ziel'n braucht!

(Allgemeines Gelächter.)

Loisl. Und weil wir schon dabei sein, so thu halt a mit!

Altlechner (schlägt mit seinem Stock die Lampe herunter). Angeht's!

(Die Bühne wird dunkel, — eine große Raufgruppe entwickelt sich, und unter barock-komischer Schlachtmusik

(fällt der Zwischenvorhang.)

Verwandlung.

(Der gelbe Hof. Links ein kleines einstöckiges Gebäude im Schweizerstil, hellgelb angestrichen. Ganz vorne unter einem halboffenen Fenster eine Bank. Rechts Scheune und Tenne. Der Hintergrund ist durch einen Zaun abgeschlossen, der in der Mitte einen Einlaß hat. Hinter dem Zaun Raum zum Gehen. Ein praktikabler Fußsteig, der in Mannshöhe über dem Podium hinläuft und hinter dem hochragende Tannen aufsteigen, schließt die Dekoration. — Helles Vollmondlicht fällt von rechts durch die Tannenstämme auf das Gebäude.)

— — —

Elfte Scene.

(Wie der Vorhang aufgeht, kommen Arm in Arm **Anton** und **Steinklopferhanns** durch den Zaun, treten in den Hof und gehen vor bis zur Bank, auf der sich Anton erschöpft niederläßt.)

Anton (in übel zugerichteter Kleidung, — holt tief Athem). Ah! —! Steinklopfer!

Steinklopferhanns (der vor ihm stehen bleibt). Ja!

Anton. D' heutig' Nacht is wohl schön.

Steinklopferhanns (behaglich). No, ich meins a!

Anton. Ah! —! Wie's vom Tann 'rüberweht!

Steinklopferhanns. 's is a klare Herrgottsnacht! — No, hoam bist — b'hüt Dich Gott! — Gute Nacht! (Geht.)

Anton. Gute Nacht! — — Du, Steinklopfer, hörst?

Steinklopferhanns (bleibt stehn). Was?

Anton. Sag mir, — sag mir, wie war denn dös eigentlich vorhin im Wirthshaus? Ich mein' allweil, 's is wieder wie g'wöhnlich g'west!

Steinklopferhanns. Freilich, freilich, Du warst der Stärkste!

Anton. War mir a so, als hätt' ich Alle zum Wirthshaus h'nausg'haut.

Steinklopferhanns. Alle! Alle! Dös kann ich Dir am besten sag'n; ich war der Letzte! Obwohl ich mich in ein' Winkel verkrochen hab, hast mich doch aufg'funden und den Andern nachg'schickt, Du bist gleich selber nachtaumelt, und auf der Straß' sein wir wieder gut Freund word'n!

Anton (lacht). Hahaha! Ja, ja, is schon so!

Steinklopferhanns. No ajes!
Anton. Du, Steinklopfer...!
Steinklopferhanns. No?
Anton. Hörst aber — Alle, Alle? — Da is doch der Vetter nit dabei g'west?
Steinklopferhanns. Der Großbauer?
Anton. Der Großbauer.
Steinklopferhanns. No ob der dabei war! 's war völlig schön zum anschau'n! Wie aus einer Kanon g'schossen is er 'nausg'flog'n und hat im Hof noch ein Tisch eing'rennt!
Anton. Jesses! Jesses!
Steinklopferhanns. Na, der darf sich eh' nit aufhalt'n, 's is den Andern a nit besser gangen! Wie von den Buben Keiner mehr da war, hast halt dö, die früher mit Dir g'halten hab'n, einzeln und paarweis durch d' Thür rennen lassen. Is eh' a Wunder, daß der Thürstock noch steht.
Anton. O fix h'nein! Fix h'nein! Na aber so was, aber so was! In der Finstern g'langt man halt so herum! daß aber Keiner a Wörtl g'sagt hat!
Steinklopferhanns (mit unterdrücktem Lachen). Hab'n ja eh' brüllt wie die Ochsen! — No mach' Dir nix d'raus! Hast halt Dein Freud d'ran g'habt, — warum soll der Mensch kein' Freud hab'n! Du warst a rechter Ordnungmacher! Freund und Feind werd'n auf Dich noch a Zeitlang denken!
Anton (seine Kleidung betrachtend). Und dös G'wand, — dös G'wand! — Ich bitt' Dich, schau dös G'wand an!
Steinklopferhanns (der immer mehr ins Lachen kommt). Ich betracht's eh' schon die längste Zeit, — es schaut lustig g'nug aus —! Aber Du warst ja selber der Schneider, der heut' Nacht dö Modi angeb'n hat!
Anton. No, so darf mich d' Seferl nit kommen seh'n, — heut muß ich auf einmal hoam sein, wie vom Himmel g'fall'n, — da heißt's stad auftreten — da werd' ich d' Stiefeln ausziech'n —! (Macht Anstalt dazu.)
Steinklopferhanns (lacht laut auf). Is ja nit nöthig, — 's Heu wird doch nit krachen!
Anton. 's Heu?
Steinklopferhanns (wieder mit trockenem Humor). No ja, 's Heu — freilich! Wie kann mer denn so vergessen sein? — Z'weg'n 'm

Heu is 's ja angangen — zweg'n 'm Heu, auf dem ös heut Nacht schlafen müßt's, sein wir ja Alle miteinander 'nausg'worfen word'n!

Anton. O du heilig Mutter Anna, auf dös hon ich ganz vergessen, warum 's hergangen is! (Lamentirend.) Na, na, dös werd' aber heut doch nit gehn, daß ich am Heubod'n schlaf, — morgen z'weg'n meiner, — aber dös muß die Seferl selb'n ein= sehn, — mir is nit recht übel — und im Kopf fahlt's mer a — ich weiß nit, hon ich ein Düppel oder a Loch — ich brauch' mein Pfleg!

Steinklopferhanns (legt ihm die Hand auf die Achsel, ernst). Du raunzender Fetzenbankert! — Hör' mich an! Wann D' schon nit auf'm Heubod'n willst, so geh' mit mir nach'm Steinbruch. — A Gang in der frischen Nachtluft wird Dir gut anschlag'n und bei mir stehst morgen früh a ohne Pfleg als ganzer Mann wieder auf.

Anton. Na, na, ich kann mich eh' kaum schleppen, lieber lieg ich da auf der Bank — wann sich die Seferl nit d'erbarmt — eh' ich ei'm Andern Ung'leg'nheit mach. Du kannst nit so mit mir umgehn, wie die Seferl!

Steinklopferhanns (lachend). Dös freilich nöt! — No, ich hon Dir's gut g'meint, daß ich Dich nach meiner Höhl'n hab' mitnehmen woll'n, aber Du willst noch heut in's Hönigschlecken (Honiglecken) gehn, dabei wird Dir d' Seferl 'n Ring durch d' Nasen zieh'n und morgen schon tanzt der „Starke" wie der Dudelsack pfeift. — Aber sitra h'nein, ich versteh' ja nix davon — ich bin halt so viel fürwitzig für meine jungen Jahr —. No nix für ungut — und b'hüt Dich Gott, Du Mordmann, der sich auskennt — haha — gute Nacht — und spiel halt fein Dein' Herrn — haha — und mußt's halt recht um'n Finger wickeln, — aber nit gar z' stark, daß D' dös arm' Weib doch wieder auf gleich bringst. Haha — gute Nacht — gute Nacht — haha!
(Lachend durch die Mitte ab.)

Anton (legt sich auf die Bank zurück). Was dös für ein dumm Lachen is — wann ei'm Menschen übel is — no ja!

Zwölfte Scene.

Anton. Josefa.

Josefa (im Nachtkleidchen, ein Tuch kokett um den Kopf gebunden, daß die Haare darunter hervorquellen, — tritt ans Fenster und singt).

Mondenschein, Sternenstrahl
 Goldige Pracht!
Grüß dich Gott z' tausendmal
 Vielschöne Nacht!

(Kurzer Jodler Aufschlag.)

Weiß nit, was d' aus mir machst,
 Weiß nit, was d' hexst —
Weiß nit, Mond, was Du lachst
 Und dich versteckst!

(Wie oben.)

Goldig Nacht, 's lebt in Dir
 Jed' Tröpferl Blut,
Wär' hizt mein Schatz bei mir,
 Moan der hätt's gut!

(Jodler.)

Anton. Seferl!

Josefa (schreit wie erschreckt auf). Ah!! — Jesses! — Du Unend! — Du bist da?! — Schau gleich, daß D' auf'n Heubod'n kimmst! (Will das Fenster wieder schließen.)

Anton (hält ihr den Arm). Seferl, laß doch reden mir!

Josefa. Wär' schad um jed's Wörtl! Ich denk, wir Zwei hab'n heut fruh schon ausg'redt. Laß mich los — ich will's Fenster zu hab'n.

Anton. Seferl, b'sinn Dich! Ich bin amol Dein Mon — und heut, grad heut hon ich's wieder zeigt, was ein Monn kann! —

Josefa. Ja, fein und ander Leut G'wand z'reißen! Schaust lieb aus!

Anton. Schau ich aus wie d'r wöll — dafür hon ich a Alle zu'n Wirthshaus h'nausg'haut! (Steigt auf die Bank.) Ich war noch nie so stark wie heut!

Josefa. No glaubst, ich sollt' mich deff'tweg'n fürchten vor Dir? (Lacht.) Geh zu, Du weißt, wo ich net dabei sein will, da richt'st Du nix, armer Hascher!

Anton. So könnt'st Du thun?

Josefa. O ja!

Anton. Schau, Seferl, hizt könnt'st Du so thun? Hizt, wo ich mich mit'm ganzen Dorf und 'm reich' Vettern überworfen hab'? (Läßt ihre Hand los und macht dabei und während der folgenden Reden krampfhafte, stets mißlingende Versuche, mit dem rechten Fuße sich wo anzustemmen, und sich so ins Fenster zu schwingen.)

Josefa. No flehnet ich a noch a bissel!

Anton. Schau hizt wo ich Neamd hab' als Dich!

Josefa. No, wann D' Neamd hast als Dein Weib, so halt a zu ihr!

Anton (neuerlicher Kletterversuch). Dös thu' ich eh!

Josefa. Ich bitt Dich gar schön, mußt Dich nit so unnöthig abezappeln, allein kimmst net h'rauf!

Anton. Hilf mer h'nauf!

Josefa. Ah freilich!

Anton. Seferl! — schau — Seferl!

Josefa. Daß ich a Narr wär'! — Ja — wann D' folgsam warst —!

Anton. Ich versprich Alles!

Josefa. Gehst a nach Rom?

Anton. Bis zum heilig' Grab, meinetweg'n!

Josefa. A Mon, a Wort!

Anton. A Wort, a Mon!

(Geben sich die Hände und er schwingt sich mit Hilfe Josefa's ins Fenster.)

Anton. Juchhe! hizt kann mich d' ganze Welt gern hab'n!

Josefa. Ob D' stad bist!

Anton. Hizt geht's in's Paradeis!

Josefa. Stad sein!

(Rasch, unterm Hineinklettern.)

(Beide verschwinden.)

Dreizehnte Scene.

(**Steinklopferhanns** ist schon gegen Ende der vorigen Scene auf dem hochliegenden Fußsteige sichtbar geworden und steht jetzt in der Mitte desselben, — dann **Bursche, Loisl, Michl, Martin** und **Sepp**.)

(Hinter der Scene, unmittelbar nachdem Anton und Josefa verschwunden, hört man immer näher kommend)

Die Bursche (singen):

Gimpel, Gimpel, Vogelleim!
Schau, da bleibt's d'ran pick'n,
Woll'n die Monner nöt parir'n,
Muß mer d' Weiber schick'n!

Steinklopferhanns (lacht laut in die Nacht hinaus).

(**Bursche** treten mit den letzten Worten der Strophe auf.)

Michl. Halt wer da?!

Steinklopferhanns. Gut Freund! Ich steh' da am Posten! (Legt die Hand an den Hut.) Und melde gehorsamst, daß der Hauptmann der Krenzelschreiber (zeigt hinunter) dort beim Fenster h'neinretirirt is! — No, dafür sein Morgen d' Weiber obenauf! —!

Alle (ziehen, indem sie schreiend und lachend singen)

Krenzelschreib'n, Krenzelschreib'n,
Laß' ich mein Lebtag bleib'n;
Krenzelschreib'n, Krenzelschreib'n,
Dös thu' ich nöt!

(über den Fußsteig; unter dem fällt der Vorhang.)

Dritter Akt.

(Kurze Dekoration: Ein Steinbruch, hoch im Gebirge liegend. Derselbe ist derart von der Seite aufgefaßt, daß beiläufig zwei Drittheile der Bühne die bis zur Höhe der Souffiten anragende, von rechts nach links perspektivisch abfallende, ausgehöhlte Steinwand ausfüllt, das letzte Drittel (eben links) zeigt die Vogelschau eines Alpenthales mit Dörfern. — Rechts, mehr vorne, sieht man die Holzbaracke des Steinklopferhanns, — ganz vorne, Mitte, mehrere Steinblöcke und rund um dieselben Steingebröckel.)

Erste Scene.

Steinklopferhanns und Anton.

Steinklopferhanns (sitzt auf einem niedern Steinblock und hämmert auf einen der vor ihm liegenden etwa kindskopfgroßen Stein los). No, du Satra! — ob d' vonnand gehst?! — So — nomal — no siehst!

Anton (haftig von links). He! Steinklopfer!

Steinklopferhanns (hämmert, ohne sich umzusehen, weiter). Jo! — bist Du's, Gelbhofbauer?

Anton (läßt sich auf einem großen Steinblock daneben nieder und holt tief Athem). Wohl!

Steinklopferhanns (weiter hämmernd). Wart a weng! — Weiß's, kommst Abschied nehmen, — geb' Dir dann gleich die Hand, — muß mer's nur vorerst bissel waschen, — weil 's a Abschied auf so lang is. — Wann geht's denn schon — ös Alle nach Rom? — Fix h'nein, jetzt möcht' ich Geistlich sein, — hizt wird aber 's Weibertrösten angeh'n! – No, 's is vergunnt, — bleibt für uns ander' ledig' Leut' schon a noch was!

Anton. Steinklopfer, laß' g'scheidt mit Dir reden!

4*

Steinklopferhanns. Wann D' dös im Stand bist — ich hör' schon!

Anton. Ich hab' gestern was Dumm's g'macht.

Steinklopferhanns (dreht sich überrascht gegen ihn um). Wann Du dös alle Morgen sagst, bist am Weg der G'scheideste z' werd'n!

Anton. Ich war gestern — no, so — no, mein Gott, ich hon halt mein Weib nachgeb'n.

Steinklopferhanns (lacht).

Anton. Mußt nit lachen, Steinklopfer, mußt nit lachen! Du weißt nit, wie mir is, seit ich dös vom alten Brenninger g'hört hab.

Steinklopferhanns. Was?

Anton. No, weißt's nit? Verunglückt is er!

Steinklopferhanns (fährt vom Boden in die Höhe und wirft den Hammer hinter sich in die Steine). Was sagst?

Anton (steht gleichfalls auf). Vor einer Stund hab'n's 'n todt aus 'n Wildbach zog'n. Weißt ja, er hat gestern noch nach Grundldorf woll'n; nach 'm Ort schon zu, bei der Wegbeug, wo's Ufer so hoch ansteigt und schroff gegen's Wasser abfallt, dort hab'n's 'n g'funden. (Gewichtig.) Du warst dabei, Du mußt's wissen, Steinklopfer, wie der olte Monn gestern g'redt hat; ich hab' mer's nur verzähl'n lassen. — Er hat nit viel g'trunken und is noch rüstig ausg'schritten und a Nacht war auch, daß man jed' Blattel auf die Bäum hätt' zähl'n können, — fehltreten is er net! Er wird halt 'n Steig zwischen die Büsch fortgangen sein — und wer weiß, wie ihm dabei um's Herz war, — bis er auf einmal dort in die Lichtung treten is, — dort steht mer eh' knapp am Rand, — unten rauscht's Wasser und grad'über am entern Ufer liegt unser Dörfel und nah, mir meint, mer könnt's greifen, — 's letzte Häusel davon, 'm Brenninger sein's! — Dort hat er halt 'm Weg a End' g'macht!

Steinklopferhanns (nickt und läßt sich langsam wieder auf einen Stein= block nieder. Ernst, halblaut, indem er sich auf seinen Hammer stützt). Is mir leid um ihn! — recht leid! — Hm — 's is besser, 's is doch besser so! — Sein Hauswesen hab'n's ihm ja doch zernicht — dös hätt' sich nimmer geb'n! — die Todten sein gut aufg'hob'n!

Anton (eifrig). Ich sag' Dir, Steinklopfer, wie ich g'seh'n hab' wie da die Sachen ausgangen sein, da is 's mir erst in 'n

Kopf g'schossen, was wir für a Stuck angeb'n thäten, wann wir vor d' Weiber z' Kreuz kriechen! Wie aus wär für Lebzeit mit aller wahr Lieb und häuslich Zucht und Ehrbarkeit! — Da kommen die Weiber — grad dö Weiber, dö doch zum Monn halten soll'n und wann ihn sonst a alle Welt verlasset — da kommen's herg'rennt auf a fremd Wort und a fremd Ansehn, und dös sollt auf amal mehr gelten — und gilt Ihnen a mehr, — als all' die jahrlang Lieb' und Sorg' um sie! — Himmlischer Vater, wohin sollt denn dös führen? Hanns, 's is a Rauberswelt, bist nur sicher, so lang d' nix hast, — hast was, so langen's von allen Seiten zu und du sollst davon abgeb'n; je mehr d' hast, je mehr bist unfrei! — An Geld und Gut, an Weib und Kind, wo's nur ein Endl d'erwischen können, fassen's dich an, und du sollst dabei stillhalten wie a Gecklmandl an der Wand und nur deine vorg'schrieb'nen Sprüng dazu machen! Aber dös, dös is doch's letzte — und was für Händ mir auch ins Nest greifen — ob g'weihte oder ung'weihte — hoaßt's: Vogel wehr' Dich!

Steinklopferhanns (wieder mit seinem gewöhnlichen trockenen Humor). 'n Schnabel thust wenigstens weit g'nug auf!

Anton. Hab' ich nit Recht?

Steinklopferhanns. Was fragst denn mich?

Anton. Weil ich's den Andern nit so sagen kann und weil Du gleich g'sagt hast, weil amal unterschrieb'n is, soll a unterschrieb'n bleib'n — — Du hast mich a gestert Nachts noch mitnehmen wöll'n — —

Steinklopferhanns (spielt mit dem Hammer). No ja, — laß's gut sein! Was wollt's denn hizt? Du hast Dich ja gestern vor Dein'm Weib zu All'm verpflicht, und heut fruh sein die ganzen Kreuzelschreiber von Zwentdorf Dir nachtappt.

Anton. Hab'n sich dö beim Versprechen auf mich ausg'redt, können sie's hizt a beim Z'rucknehmen. Und was ich versprochen hon — so a Versprechen, wo's Andere falsch Spiel spielt, halt mer doch net!

Steinklopferhanns (ernst). Gibt mer nit! — Dös is hizt vorbei. Und wann D' Treu und Glauben auf Monnwort h'nauswirfst, Du saubrer Vogel, so verwüst nur Dein eigen Nest!

Anton. Hast denn koan Rath, Steinklopfer?

Steinklopferhanns. Für g'geben's Wort gibt's koan andern Rath als: Halten!

Anton (verplex). Fort sollt'n mer?

Steinklopferhanns (lacht). Jo, nach'm kurzen Verstand kommen d' langen Gesichter!

Anton. Wie d' da lachen magst, Steinklopfer, wie d' da noch lachen magst!

Steinklopferhanns. Mußt nit meinen (deutet auf Kopf und Herz) ich wär' da oder da nit recht richtig! Aber drei Ding hon ich gern hell und klar und siech's ungern trüb, — dös is der blau' Himmel — mein Trunk — und mein und andrer Leut' Augen! 's is mer eh' vorher a schwarz Wolk über d' Sonn' g'rennt, wie ich an d' letzt' Hütten im Ort denkt hab — — Laß Dir sagen, so lang G'spaß war, hon ich über Eng lachen mögen, — hizt hilf ich Eng, — ich sorg dafür, daß ös auf Enger Wort halt's und doch nit fort müßt's, — nur zu mir müßt's halten! No schau nit so dumm! g'wiß, g'wiß! Aber no lustig — wieder lustig, Gelbhofbauer! Mit'm Traurigsein richt mer nix! Die Welt is a lustige Welt! (Geheimnißvoll.) Ich weiß's, daß's a lustige Welt is! Freilich, ös wißt's 's nit; Eng is noch aus'm großen Buch vorg'lesen word'n, da hab' ich schon mein extraige Offenbarung g'habt!

Anton. A Offenbarung?

Steinklopferhanns. (nickt). Seither hat mich a Neamd mehr traurig g'seh'n und weil sich's grad schickt, mag ich Dir's wol erzählen, wie dös g'wesen is, — nur trage net weiter im Ort h'rum, sonst meinen's, ich wöllt ein neu' Glauben aufbringen und da könnt mich leicht der Landjager z'weg'n Gewerbstörung auf's Gericht hol'n! —

Anton (legt die Hand auf's Knie des Steinklopfers). Verzähls nur!

Steinklopferhanns. Ös jung' Leut' kennt's freilich nur 'n lustigen Steinklopferhanns, aber es war schon a ander Zeit vorher, — wie ich noch der arm' Hansl war, den a Kuhdirn auf b' Welt bracht hat und zu dem sich kein Vater hat finden woll'n. Hizt vertragt sich's ganze Dorf recht schön mit mir, ich könnt nit klag'n — aber damal, wie mein Mutter Kuhdirn, bald nach meiner Geburt verstorb'n is und wie die G'meind für mich hat Kostgeld zahl'n müssen, kannst Dir schon denken,

wie viel Lieb' ich da wohl g'noffen hab'! Jeder hat mir den
Groschen, den er für mich beig'steuert hat, g'spür'n laffen.
Dös fündig Volk hat nit dran denkt, daß dös für ihre Hal=
lobereien, dö in der G'heim bleiben, eh' a leicht Abfinden is,
wann's Allz'samm so Eins erhalten, dös halt auch unvorg'sehn
in d'Welt h'neing'rumpelt is! — In der Schul' und in der
Kirch' mußt' ich z'ruckfteh'n und wie ich bei der Stellung auf
einmal für ein reich Bauerssohn hab' tauglich sein .. dürfen,
war ich ordentlich froh! — Lang hat's aber nit dauert, so hon
ich vom Militari wieder weg müssen, weil mich bei ein Ma=
növer a Roß g'schlagen hat. — Auf einmal war ich halt wieder
da, dös is hizt wohl a Stuck a 40 Jahrln her, — da hab'ns
mich da h'rauf in Steinbruch g'setzt und zum Bettler „Stein=
klopfer" g'sagt, wie ein Einsiedel hab'ns mich da sitzen lassen,
zwischen Wurzeln und Kränter und Wasser, ohne Ansprach, und
wie mich bald drauf a Krankheit hing'worfen hat, hat mir aber
kein Seel die g'ringste Handreichung than, no, ich hon mir
später denkt, grad wie zur Zeit, wo mich 's Roß g'schlagen
hat, — 's Vieh versteht's nit, wie's Ein'm weh thut! — Da=
mal aber war ich z'erst trutzig und hab' mir denkt: Meinen's
du bist a Hund — kurirst Dich auch wie a Hund, — frißt
nix und saufft Wasser und brauchst sö net! — Nachher aber,
wie ich dabei allweil matter und matter word'n bin, und es
laßt sich Tag um Tag Neamd, aber Neamd, kein menschlich
G'sicht seh'n, da is mir z'tiefst in die Seel h'nein weh word'n!
— Und wie ich so recht schwach und elendig mal da drin lieg
— Mittag war's grad und die Sonn hat so freundlich g'schienen,
wie nie, — da denk ich mir: H'naus mußt, h'naus! — Sollst
versterb'n, stirbst draußt; die grün' Wiesen breit't Dir a weiche
Tuchet unter, und d' Sonn druckt Dir die Augen zu, Du
schlafst ein und wirst nimmer munter, der Tod is nur
a Bremsler, was kann Dir g'scheh'n? — Mühselig hon ich
mich fortg'schleppt aus der Hütt' — (steht auf und zeigt hinab nach
links), bis dort h'nunter, — siehst, — wo der Wald anhebt
— dort wo die zwei großen Tannbäum steh'n, zwischen bö bin
ich in's Gras g'fall'n und dort hon ich die Eingebung g'habt.
(Kleine Pause). So still war's dort und so warm in der Sonn'
z'lieg'n — vorn die grün' Wiesen, die blauen Berg' und's
Thal, wie in ein weißen Brautschleier, unten, und über All'm

der helle, lichte Himmel! — Da is a tiefer Fried über mich kommen und es is mir durch die Seel' zog'n, dös siehst schon noch a mal! — Und dann — dann bin ich wie todt g'leg'n, ich weiß nit wie lang! — (von da ab mit steigender Erregung.) Und wie ich wieder munter werd', is die Sonn' schon zum Untergeh'n — paar Stern sein dag'hängt, nah wie zum Greifen — tief im Thal hat's aus die Schornstein g'raucht und die Schmieden unt' am Waldrand hat h'raufg'leucht, wie a Feuerwurm; — vor mir auf der Wiesen hab'n die Käfer und die Heupferd sich plagt und a G'schrill g'macht, daß ich schier hätt' drüber lachen mögen, — über mir im Gezweig sein die Vögel g'flattert, und über All's hin is a schöne linde Luft zog'n. — Ich betracht' dös — und ruck — und kann ohne B'schwer auf amal aufsteh'n — und wie ich mich noch so streck' und in die Welt hineinschau, wie sie sich rührt und laut und lebig is um und um — und wie d' Sonn und d' Stern h'runter und h'raufstammen, — da wird mir auf einmal so verwogen, als wär' ich von freien Stucken entstanden, und inwendig so wohl, als wär's hell' Sonnenlicht von vorhin in mein Körper verblieb'n . . . und da kommt's über mich, wie wann Eins zu ein'm Andern redt: Es kann Dir nix g'scheh'n! Selbst die größt' Marter zält nimmer, wann vorbei is! Ob d' jetzt gleich sechs Schuh tief da unter 'm Rasen liegest, oder ob d' das vor Dir noch viel tausendmal siehst, — es kann Dir nix g'scheh'n! — Du g'hörst zu dem All'n und dös All' g'hört zu Dir! Es kann Dir nix g'scheh'n! — Und dös war so lustig, daß ich's all' Andern rund herum zug'jauchzt hab: Es kann Dir nix g'scheh'n! — Jujuju! — Da war ich's erstmal lustig und bin's a seither blieb'n und möcht' 's sollt a kein Andrer traurig sein und mir mein lustig Welt verderb'n! — No lustig, lustig, Gelbhofbauer, — es kann der nix g'scheh'n!

Anton (um zu verbergen, daß er ergriffen ist, derb). Du Safra, Du! Ja, was bist denn Du nachher? Du bist ja kein Christ und kein Heid und kein Türk?! No, Du brauchst halt kein Predigt über d' Nächstenlieb? (Bietet ihm die Hand). Gelt, aber Du haltst jetzt zu uns?

Steinklopferhanns (schüttelt ihm die Hand). Ich halt zu Eng! Aber parirt muß werd'n! Hauptmann von dö Kreuzlschreiber, Du mußt mer Dein Commando abtreten und dö Kriegskosten

mußt auch zahl'n, denn ich schlag' mein Hauptquartier hizt unt'
im Wirthshaus auf, — zu so was is 's herob'n im Steinbruch
z'trocken! Kimm nur! Mein erster Befehl an Eng is d' Marsch=
bereitschaft!

Anton. Jo, aber —

Steinklopferhanns. Net mucksen! Ich weiß was ich thu!
— dös verstehst's ös net! Os müßt's geh'n, damit 's bleiben
kannt's!

Anton. Aber was hast denn vor?

Steinklopferhanns. Wirst's schon hören! — Du weißt,
ich hon meine Eingebungen!

Anton. Jo — wann nur schon auf gleich wär'!

Steinklopferhanns. Verlaß' Dich auf mich! — Aber kein
Verrath mußt mer nit spinnen — es schaut mir dabei heraus! —
(Schlägt ihm auf die Achsel.) Ich mein', Du hast auch gestern nix da=
von g'habt!? (Geht lachend voraus.)

Anton (folgt lachend nach).

Steinklopferhanns. Hahaha! nur lustig, Gelbhofbauer —
nur lustig! Halt' Dich nur zu mir! — Es kann Dir nix
g'scheh'n! Nur lustig! —!

(Indem sie lachend abgehen, fällt der Zwischenvorhang.)

Verwandlung.

(Der gelbe Hof, wie im zweiten Akte letzte Verwandlung, nur im Tageslichte.)

Zweite Scene.

Josefa, Rosi, Urst, Hanns, Tobias; das Gesinde steht unschlüssig im Hof.

Josefa (in der Küchenschürze, mit dem Kochlöffel in der Hand belfert heraus
in den Hof, wobei sie zu Anfang jedes Satzes unter die Thürschwelle tritt und sich
unter den folgenden Worten stets verliert, so daß die Endworte des Satzes nur
unverständlich aus der Küche schallen). Steht's noch immer da? Ich
frag eng, was ös noch dasteht's? Auf wen wartet's denn? —

In's Heuen sollt's ös geh'n, habt's g'hört? 's wird mir schon z' dumm! — — —

So bedeut's doch 'n alten Tobias, daß auf 'n Bauer heut nit g'wart werd'n kann, heut nit und a Weil nit! — — —

Ich werd' eng's schon ang'wöhnen, auf die Bäurin zu hören! Ich bin hizt der Oberst im Haus! Dumm Volk! — — —

(Unter dem, so oft Josefa unter der Thür verschwindet, folgendes Spiel.)

Hanns (ein junger, Bursche; der den Finger in den Mund gesteckt hat, um das Lachen zu verbeißen, stoßt immer den Tobias an).

Tobias (schwerhöriger Alter). Was sagt's? — Ich hör' nix!

Rosl (verbeißt in ihrer Schürze das Lachen und stoßt dabei den Hanns an).

Ursel (wischt sich mit der Schürze die Augen und sagt an passender Stelle). Na, aber so h'rumschrei'n —! Dös is doch nit recht!

Josefa (tritt in den Hof auf die Gruppe zu). Muß ich Eug leicht Füß machen?

Tobias (tritt ihr entgegen). Ich siech Dich allweil reden, Bäurin — was hast denn sagen woll'n?

Josefa (arbeitet, wie sie mit Tobias spricht, sehr energisch mit den Händen, um ihm wenigstens mimisch verständlich zu werden). An d' Arbeit — in's Heuen — sollt's geh'n!

Tobias (der zum bessern Verständniß immer die Pantomimen Josefa's kopirt). Ah ja — ah ja — in's Heuen — meinst! — 's is aber der Bauer noch nit da!

Josefa. Auf den wird nit g'wart — der kann nimmer mithelfen, — der geht bald fort — weit fort.

Tobias. Ahan — Ahan — ja, ja — furt meinst — ahan! — da übri — no war's richtig Ernst? Jesses, Jesses! das wird a hart Arbeit werd'n bis wir zwei uns verstehn; 'm Bauern hab' ich blos auf's Maul schau'n derfen — — aber Du hast mir halt a gar z' viel feine Stimm'!

Josefa. Mußt Dich halt g'wöhnen mir auch auf's Maul z' schau'n!

Tobias. Ahan — Ahan — Du hätt'st a a Maul? Jo, freilich —! Und willst Du d' ganz' Wirthschaft führ'n, Bäurin?

Josefa. No, ich muß doch!

Tobias. Du deut'st „Ja"? Aber Bäurin, Du verstehst ja nix davon!

Josefa. Ich verstund nix? — Hizt schaut's, daß's mir 'n aus die Augen bringt's, den alten Dummrian! (Schießt wieder in die Küche zurück).

Tobias (während ihn die Andern in die Mitte nehmen und Alle mit Rechen und Sicheln durch die Mitte abgehen, sehr unschuldig). Mir scheint, hizt is 's zornig word'n? — Weg'n was is 's denn eigentlich zornig word'n? (Trotzt ihnen.) Habt's g'wiß ös Eins was d'reing'redt?
(Alle ab.)

Dritte Scene.
Josefa und Steinklopferhanns.

Josefa (blickt den Abgehenden nach). Na endlich kommen's doch weiter; dös wird die erste Zeit a Müh' kosten, bis dö auf mich aufhorchen lernen!

Steinklopferhanns. Grüß Gott, Gelbhofbäurin, — no, Du thust Dich aber um! Drei Höf weit hab' ich schon Dein' Stimm' g'hört, ich hab's gle'ch herauskennt, und dös is fein leicht Stuck, denn heut schrein in ganz Zwentdorf alle Bäurinnen mit dö Hahner auf'm Mist um die Wett'! — Aber stolz könnt's schon sein, — ös seids hizt die Herrn im Ort, ös Weiber.

Josefa. No is a tan Glück! wir hab'n dabei eh' nur ein Theil der Buß von dö Monleut auf uns g'nommen!

Steinklopferhanns (spricht Alles sehr gleichmüthig, nur so oft er die Bäurin recht schraubt, oder über seine Rede in Angst kommen sieht, verbirgt er sein Lachen, indem er die Hand vor d'n Mund bringt, hinter einem leichten Hustanfall). Freilich! Freilich! Selb hat a G'wicht! Aber dö habt's amal austrieb'n, hizt müßt's schon ös da regiern!

Josefa. Und no meint es G'sind, man thät's nur, daß mer könnt 's große Maul im Haus hab'n!

Steinklopferhanns. Dös bissel Ansehn is ja eh' nur a süß' Tröpferl in der Gallbittern. Ich bitt' Dich, dem dumm Volk is schon a öfter g'sagt word'n und es begreift's nie: wann Einer auf der Welt 'n Andern wegtaucht von sein' Platzl, daß er eh' nur dem sein' Sorg und Kümmerniß auf ihm nimmt!

Josefa. No is eh' so! — Du bist halt g'scheidt!

Steinklopferhanns (lacht wie oben angemerkt).

Josefa. Was hast denn?

Steinklopferhanns. 'n Husten!

Josefa. Hast Dich verkühlt?

Steinklopferhanns (läßt sich auf die Bank vor dem Hause nieder). Ja, weil heut Nacht a Fenster auf war. — (Schlägt in die Hände.) Na aber, wie ös dös z'weg'n bracht habt's, daß die Manner Alle, — aber Alle — über 24 Stund' nachgeb'n? No ja, no ja — kenntst dö drei Zangen in's Teufels seiner krumpen Nagelschmieden? Nöt? Was d' Advokaten nimmer krump machen können, döß biegen die Weiber, und was kein Weib mehr biegt, dös biegt — — no ich mag Dir nöt zum Aergernuß reden, aber von dö letzten Zangen sein grad a Menge erst bei uns in Deutschland ausg'mustert word'n! No, müßt's halt a dazuschaun, Weiber, daß's eng bald einschießt's in's Alleinwirthschaften!

Josefa. Hast mich grad früher drüber troffen!

Steinklopferhanns. Is a d' höchste Zeit, engere Manner gehn heut noch und gleich!

Josefa. Heut noch und gleich hizt?

Steinklopferhanns. Wohl, wohl, hizt gleich! Sie rennen nur noch g'schwind Jeder heim und nehmen's Geld aus dö Kasten für die Wegzehrung. Is der Deine noch nit dag'wesen?

Josefa. 'n Nothpfennig?

Steinklopferhanns. Wenn der Mann auf frumm' Werk ausgeht, kann's Weib derweil ja gar kein Noth leiden!

Josefa. 's ganz' Geld?

Steinklopferhanns. Freilich, 's is ja a weite Reis' und gehn nur Wenig allein!

Josefa. No wer gang denn mit sö?

Steinklopferhanns. Is doch schön von unsern Dirndln? Dö hab'n in der Schnell' ein' Jungfernbund g'stift, der sich an d' Wallfahrter anschließt und dö begleit wie d' Marketanderinnen d' Soldaten. Beinah a Jeder hat a Bußschwester mit ihm.

Josefa. So? — Mein Mann auch?

Steinklopferhanns. Mit dem geht die Liesl vom Wirthen — a feine Dirn — dö Kellnerin! — Kennst d' Liesl?

Josefa. Nein!

Steinklopferhanns. Ich hab' g'meint, Dein Mann hätt Dir etwa von ihr d'erzählt. — Sie hab'n sich amal gut leiden mögen — natürlich — noch vor er Dich kennt hat.

Josefa. So? dös is 's Erst' was ich hör'! und dö gang mit?

Steinklopferhanns. Ja — 's is halt a frumm Dirndl!!

Josefa (sehr erregt). Entweder dö bleibt da — oder ich lass' 'n Tonl nit fort!

Steinklopferhanns. Aber Bäurin — Bäurin, bist g'scheidt? Was sollt mer sich denn von Dir denken, — Du wirst doch nit die Leut von der Frummheit abhalten woll'n — was wurden denn die antern Weiber im Ort dazu sagen?

Josefa. Die werd'n nämlich so red'n, wie ich, wann's das hör'n!

Steinklopferhanns. Aber so seib's doch g'scheidt'. Meint's wann die Dirndl'n heimbleiben, — was doch auf engere Monner schaueten, — es wurd' besser? Frag nur die Kramersfrau in der Kreisstadt — der ihr Mon 's ganz Jahr auf die Märkt h'rumfahrt - die meint auch 's Reisen wär' a g'fährlich Sach' und 's kimmt selten Einer heim, wie er fortgangen is. — Möcht' a kein Weib von so ein Herumreiser sein! — Wann engere Monner auch allanig in's Wällische kämen, sie hab'n 'n ganz Tag nur z'kirführten (kirchfahren) und kein Brösel Arbeit z'thau, da kimmt der Mensch auf allerhand Gedanken, und die wällischen, schwarzaugeten Weibsleut (schupft die Achseln), die soll'n a deutsch mit sich reden lassen.

Josefa (lacht zornig). Wär schön'! Da kämen's leicht schlechter heim, als wie's auszog'n sein.

Steinklopferhanns (aufstehend). Eher als nöt! — Bis 's aber hoam kämen, schaut's, wie ös mit der Wirthschaft auf= kimmt's! Nöt, daß ich sag, es möcht da leicht auf manchem Hof 'm Bauern sein Kopf abgehn — ös Weibsleut habt's es schon a da (zeigt nach der Stirne), aber seine zwei Arm nimmt Jeder mit und dö fahlen halt doch! 'N ganz Sparpfennig tragen's a außer Land; ös könnt's eng gar nit rühren, und ein Handkauf, mit dem 's eng nachträglich groß machen kunnt's, gar nit eingeh'n. — Na, kimmen's hoam, hizt schau dir's aber an, — b' schönst Monleut von der wällischen Sunn (Sonne) verbrunna, wie die Zigeuner. Wann sich nit jeder gleich zum vollen Nürschel hinsetzen kann, und nit Alles findt, wie er meint, es muß' sein, da werden's dir ein Schopf machen, wie a Widhopf! — Gar verträglich wird dös nit abgehn, denn entwöhnt sein's eng doch), und wann der Hund amal Leder g'fressen hat, is kein Schuh mehr vor ihm sicher. Wie der Kukuk werden's nach fremd' Nester schiel'n! No denk' Dir so a Z'sammlebn! Ja, ja, der Bauer is wie a Spatz und der Spatz is halt kein Zugvogel, der muß verbleib'n können!

Josefa. Jesses, ich versterbet, wann's so wurd, wie Du da sagst!

Steinklopferhanns. No, no, lieb' Bäurin, brauchst nit verzagt z' werden! Ich sag ja nit, daß 's so werd'n müßt, ich mein' nur, 's wär a Wunder, wann's nit so käm!

Josefa (mit Ueberwindung). Schau, Steinklopfer — —

Steinklopferhanns. Was denn?

Josefa. Ich möcht' wissen, was D' denkst! — aber Dich kann man um nix frag'n!

Steinklopferhanns (sehr gutmüthig). Mußt's halt a nit thun, Bäurin.

Josefa. Wann ich nur Eins wüßt.

Steinklopferhanns. No, was wär' denn dös?

Josefa. Ob nit sündig wär, wann man die Männer von der ganzen Bußfahrt abhaltet?

Steinklopferhanns. Na, das wär' nit sündig.

Josefa. Aber — —

Steinklopferhanns. Weil nie sündig sein kann, wann in Zucht und Ehr und Arbeit beinand bleibt, was zu einand g'hört!

Josefa. Na, aber halt doch — Wann ich nur wußt, wie der liebe Herrgott drüber denkt!

Steinklopferhanns. Aber Bäurin, bitt' Dich gar schön, red' doch nit gar so viel dumm! Herrgotts Gedanken weiß doch Keiner — dö gingen grad in unsere Plutzer h'nein! — Aber, was ich vom Herrgott'n denk, selb weiß ich! (Singt in der Weise der Steinklopfer-G'stanzln.)

'S gibt allmal ein Weg, der
Zum Herrgott'n führt.
Wär d' Höll' a vermauert,
Der Himmel versperrt.

Der Herr braucht kein Himmel,
Kein höllisch Verderb'n,
Denn mitten durch's Herz führt
Die Straßen zu eahm!

(Jobler.)

Das Herz, es steht ein Jeden Red,
Der 's ehrlich thut befrag'n —
Dem Fürst ein goldig Haus, wie mir
Beim Steinerschlag'n, beim Steinerschlag'n,
Beim Steinerschlag'n, Juche!

Josefa (singt mit).

Beim Steinerschlag'n, beim Steinerschlag'n,
Beim Steinerschlag'n, Juche!

Josefa (schlägt freudig in die Hände). Glaubst, daß man so frei nach'm Herz'n geh'n dürft? (faßt dabei seine Hände).
Steinklopferhanns. G'wiß!
Josefa (lustig). Dann halt ich 'n Toni zruck! (nachdenklich läßt seine Hände fahren). Aber, wann's halt wieder von der Höll' reden? Von siedig Schwefel und Pech — und mein.
Steinklopferhanns. Laß Du die Höll'-Reder geh'n! Wär' Gott nit barmherziger wie dö — gang's ja ihnen selber schlecht'.
Josefa (wie eben lustig). Meinst? — Ich halt 'n Toni z'ruck.
Steinklopferhanns (indem er ihre Hand in der seinen schlenkert, lustig) 'n Toni halt mer z'ruck! — Alle halten mer 's z'ruck! — Alle! — Was nutzetens denn eng a in der Fremd? (läßt plötzlich ihre Hand fahren, kläglich). O Safra h'nein!

(Man hört hinter der Scene, immer näher kommend, den Gesang der Wallfahrer und zwar):

Altlechner (vorplärrend). Mir sein schon bereit. — —
Chor. Voll Bußhaftigkeit.
Altlechner. Der Weg is zwar weit —
Chor. Voll Bußhaftigkeit.
Altlechner. Dös is 's was uns g'freut.
Chor. Voll Bußhaftigkeit.
Josefa. Was hast denn?

Steinklopferhanns (kratzt sich hinterm Ohr). Oh!! Ös hätt' es doch nit fortbemüssen soll'n. Z'ruckhalten wär schon recht, — aber ob sie sich halten lassen? Sö san Alle wie verfessen auf die Bußfahrt. Der Altlechner redt wie a Apostel und singt wie a Vorbeter. Es is völlig der Teufel der Frummuheit — der Geist wollt' ich sag'n in sö g'fahrn. Wann a Alles z' Grund gang drüber, sag'ns — sö gangen doch! — No red' mit bö.

(Oben auf dem Fußsteige erscheint der Zug der Wallfahrer, wie unten beschrieben wird, und zieht herab und durch die Mitte auf die Bühne.)

Steinklopferhanns. Da sein's schon! — Ich bitt' Dich, schau's nur an, was bö für a Ansehn haben! Ob mit bö was z' richten is!

Josefa (bestürzt). No sei so gut, etwa nöt! (Lachend.) Geh' zu — geh zu, am End' seins doch froh, wann man's z'ruckhalt und sie dürf'n bleiben!

Steinklopferhanns (hustet, wie angegeben). Meinst? Na probir's nur! —

Vierte Scene.

Vorige. Alles.

(Wallfahrerzug: Voran: **Anton**, dann **Claus, Mathies, Veit** und die andern **Bauern, Altlechner**, nebenher vorsingend. Alle sind gekleidet, wie Altlechner schon im vorhergehenden Akte beschrieben ist; sie haben die Hüte tief ins Gesicht gedrückt und den Kopf in große Gebetbücher gesenkt, die sie mit beiden Händen vor sich halten, so, daß sie die Stöcke, wie „Gewehr im Arm" nur in den verschiedensten Richtungen und Neigungswinkeln tragen. Hierauf die Dirndl. **Liesl** voran, alle sehr züchtig, die Tücher bis zum Hals hinaufgebunden. Jede trägt einen rothen Regenschirm, und da sie ebenfalls große Gebetbücher, ganz so wie die Männer, halten, so haben sie die Schirme in allen erdenklichen Querlagen unter dem rechten Arm. Zuletzt in Gruppen nachdrängend die **Bäuerinnen**, darunter **Marthe** und dann die Bursche, worunter **Michl, Sepp, Martin** und **Loisl**.)

(Die Wallfahrer kommen unter Gesang vor.)

Altlechner (vorplärrend). Mir sein schon bereit! —
Chor. Voll Bußhaftigkeit!
Altlechner. Der Weg is zwar weit!
Chor. Voll Bußhaftigkeit!
Altlechner. Dös is 's, was uns g'freut!
Chor. Voll Bußhaftigkeit!

Altlechner (klappt das Gebetbuch zu). Na alsdann, Gelbhofbauer, Dir hab'n mir noch 's Geleit geb'n. Hizt mach' aber, daß amal Ernst wird. Hol' Dein' Wegzehrung und nimm schleunig Abschied. Wir könnten schon längst 's erstmal im Nachbarsdorf im Wirthshaus rasten!

(Die Gruppen lösen sich. **Anton** tritt, **Liesl** an der Linken haltend, vor zu **Josefa**, ebenso kommt jeder Bauer zwischen seinem Weib und einem **Dirndl** zu stehen.)

Anton (singt).
No b'hüt Dich Gott, Seferl!
Wir sein hizten fromm
Und gehen da übri
Dort enten nach Rom!

Chor singt, dasselbe begleitend, mit Brummstimmen, nur daß jeder einen andern Namen für „Seferl", also etwa Regerl, Gretl, Rosl ꝛc., singt.)

Anton (allein).
No b'hüt Dich Gott, Seferl,
Und halt mir sein Haus,
Ös wird Dir schwer aufllieg'n,
Doch mach' Dir nix d'raus!

Du bist — no, dös weiß ich
Dös weiß ich ja eh'
Du bist nur froh, daß ich
Nach Rom abi geh!
(Kurze Jodler mit Chor.)

Josefa (die sich diese Strophe mit über die Brust gekreuzten Armen, vor gesetztem Fuß und zurückgeworfenem Kopf angehört hat, überschlägt den Jodler und schließt ihn lachend; dann zum Steinklopfer, indem sie zu Anton näher tritt). Jetzt paß auf den Inhaber auf! — Du Tonl, wann Dir d' Wirthschaft gar so auf'm Herzen liegt — schau, kannst schön bitten, laß ich Dich hoam.

Anton. Mein lieb' Seferl; was kümmert mich d' Wirthschaft? (Indem er die Liesl an sich zieht.) Alle irdenen Gedanken hab'n wir aufgeb'n. — Besser da herunt gedeih'n, als da oben Verderben, na, na, besser da herunt verderben, als da oben gedeihn — na aber, Jesses und Josef — besser da herunt verderben und da oben gedeihn.

Altlechner (ungeduldig). No fing der a Stund zum gigazen und gagezen an! (Vorplärrend.) „Mir sein schon bereit!"

(Sogleich beginnt der Zug sich wie früher zu ordnen.)

Die Kreuzelschreiber.

Steinklopferhanns (für sich). Dressirt sein's wie die Jagd-hund! (Selbstgefällig.) Ja, was halt a ordentlicher Kommandant is!

(Josefa und die andern Bäuerinnen stürzen rasch zu und führen ihre Männer wieder vor. Die Dirndln nehmen dieselbe Stellung, wie früher ein.)

Josefa (zornig). Dös wär' der ganz' Abschied?

Anton. Ah na! Ich hätt' Dir schon noch was z' sag'n. (Singt.)

> No b'hüt Dich Gott, Seserl
> Und bleib mir fein treu,
> Denn wir sein verheirath
> Und g'schieden dabei!

(Chor wie oben.)

Anton.

> Verheirat, no freilich
> Und g'schieden, o G'frett,
> Ja g'schieden vom Tisch
> Und a g'schieden vom Bett.
>
> Dich fechts nix an, weiß ich,
> Dös weiß ich ja eh —
> Du bist nur froh, daß ich
> Nach Rom abigeh!

(Kurzer Jodler mit Chor.)

Josefa (singt zornig lachend den Jodler mit, tritt Anton ganz nahe zu Leibe, sehr bestimmt). Gelt? Wär' eng eh' um jede Bitt' leid, daß mer eng bleiben ließ? Aber blind müßt mer sein, wann man nit sähet, woher eng auf einmal d' groß Bußhaftigkeit ein-g'schossen is! Wär' a schön Bußfahrt! Aber ich sag' Dir's, Tonl, Du bleibst da, mach' mich net wild, Du bleibst hoam und a Red is 's! Schaut's, da ließ Jeder 's Weib wie a Wittib, die arm' Kinder wie Waserln z' Haus sitzen! Net alleinig — wann a dö Menscher im Ort verbleibeten, ließ'n wir Eng fort mit so nixnutzig Fürnehmen in engere Köpf! Hoam bleibt's! Bei engere Weiber schickt sich schon auch Zeit, Ort und G'leg'nheit g'nug zum Bußthun!

Mehrere Weiber. No freilich! — Wohl — wohl!

Altlecher (dreht sich rasch um, vorblätternd). „Mir sein schon . . .

Anton (unterbrechend). Aber Seferl! No kenn' sich doch der Teufel bei eng Weibsleut aus! Hizt macht's auf einmal so a Wesen, weil man thut wie enger Will'n is, — ös habt's es ja selber ang'schafft.

Josefa (mißmuthig). Müßt's denn a allmal dabei sein, wann was Dumm's ang'schafft wird?

Altlechner. Auf dös werd's doch auf kein Antwort studir'n? (Wendet sich und singt vor).

„Mir sein schon bereit" —

(Der Zug will sich wie früher ordnen, kommt aber nicht dazu, da Anton von Josefa und die andern Bauern von ihren Weibern rasch am Arm zurückgehalten werden.)

Anton. Was willst denn noch, Seferl?

Josefa (der das Weinen nahe ist und die schon mit ihrem Schürzenzipfel spielt, trotzig). Da sollt'st bleib'n!

Anton. Schau Seferl, selb geht nit! (singt).

Drum b'hüt Dich Gott, Seferl
Wir sein hizten fromm,
Und gehen da übri
Dort enten nach Rom!

Chor (wie oben.)

Anton.

Und hizten wo ich mich
In b' Buß einifindt,
Da därfst mich nit halten
Dös wär' ja a Sünd!
Der frumm Vorsatz, weiß ich,
Steht fester wie eh —
Mich halt gar nix, daß ich
Nach Rom abi geh!

(Jodler mit Chor.)

Josefa (der die Thränen ins Auge schießen, singt den Jodler melancholisch, mit der Schürze um die Augen handtirend, mit — spricht, indem sie, wie man im Volksmunde sagt „Der Bock stößt".) Tonl — ich bitt' Dich gar schön — Tonl — verbleib! — Ich — ich komm mit der Wirth= schaft — mit der Wirthschaft komm ich nit auf, — und wir sein erst so kurze Zeit bei'nand — später amal — wann's Dir a Freud macht von mir z'geh'n — hab' ich vielleicht a nix dageg'n — aber hizten, hizt weiß ich mich gar nit aus! — Wann D' mich gern hast, Tonl — so verlaßt mich nöt — und — und wann D' mich nimmer gern hätt'st — (heulend) Tonl — öh — Tonl — so geh' ich in's Wasser!

Liesl (gibt Anton einen Rippenstoß). D'erbarmt's Dir denn noch nit?

Anton. Ah! — !

Steinklopferhanns. Hizt is Zeit zum Nachgeb'n!

Anton (durch den erhaltenen Rippenstoß ganz grimmig gemacht, reibt die getroffene Stelle, heftig). Ich mag aber noch nit!

Steinklopferhanns (ebenso). Ah, so geht's allz'samm zum Teufel, dumm's Volk! — Da kann der best' Kommandant nix machen!

Altlechner (durch's Warten erbittert). No was is 's denn nachher? Da steh'ns herum wie die Patzenmandln vor'n wachsern Jesukindl in der Krippen! Gehn wir amal! (vorplärrend). Mir sein schon boreit!

(Diesmal arrangirt sich der Zug und setzt sich in Bewegung.)

Chor (fällt singend ein). „Voll Bußhaftigkeit!"

(Der Zug hat unterdem sich so geschwenkt, daß Anton als der Erste eben den Hof verlassen will.)

Josefa (nimmt in diesem Augenblick die Schürze vom Gesicht.) Tonl!

Anton (bleibt stehen und wendet sich um).

Josefa (sehr freundlich). B'hüt Dich Gott, Tonl — geh' nur mit Deiner Dirn in's Wällische — ich such' mir derweil 'n säubrigsten Bub'n im Ort aus!

Anton (stürzt in langen Sätzen vor). Himmelheiligkreuzdonnerwetter!! Dös ganz über 'n Spaß! (Bleibt mit aufgehobener Faust vor ihr stehen.)

Josefa. Na so schlag zu — schlag nur her — dös will ich ja! — Da renn ich in mein Kammerl und riegel mich ein, — ohne a gut Wort wirst doch nit von mir geh'n woll'n — und so halt ich Dich doch da — so lang' mir beliebt!

Anton (jubelnd). Na heilig Mutter Anna, dös halt a Anderer aus! Hau'n ließ sie sich a von mir! Jujuju! Goldig Seferl, was d' mich aber gern hab'n mußt! No bleib' ich da! Freilich bleib' ich da! (Wirft den Brodsack in die Luft und umarmt Josefa.)

Die Bauern. Mir a! — mir bleib'n a da!
(Ueberall Umarmungs=Gruppen.)

Altlechner (mitten durch davonrennend.) Aber i nöt —! (Erscheint gleich in haftiger Flucht oben auf dem Fußsteig.)

Anton (stolz sich aufrichtend) No Manner! was Manner, sein wir Manner?! Wir hab'ns zeigt, daß wir auf unser'n Willen und unser Wort halten können! Gelt's Weiber?
(Die Männer liebkosen die Weiber.)

Steinklopferhanns (fällt angesichts dieser Gruppen in einem Lachkrampf auf die Steinbank.)

Anton (wendet sich bestürzt zu ihm). No Steinklopfer, willst leicht versterben?

Steinklopferhanns (ringt nach Athem). Auweh! Auweh! — Wär' kein Wunder, 's wurd' Ein's hin! (Zeigt auf die Gruppe.) Dös heißen's in der Stadt „Gewissensfreiheit"! —! —!

Chor.
Kreuzelschreib'n, Kreuzelschreib'n,
Thust 's, so sollst a dabei bleib'n!
Kreuzelschreib'n, Kreuzelschreib'n,
Muß man ehrlich treib'n!

(Der Vorhang fällt.)

Ende.